Peter Seidler

Kommissar Brockmann und der Mann im Beton

Ein Laboe-Krimi

Der Roman ist in der realen Kulisse des Ostseebades Laboe angesiedelt, mit seinem Strand, seinen Häusern, seinem Theater und seinen Restaurants. Die Handlung und die Personen sind jedoch frei erfunden, ebenso wie die wichtigen Handlungsschauplätze: das Appartementhaus "Seegard", die Pizzeria "Ragazzo", die Gaststätte "Dünenkind" und das Altersheim am Passader See. Ähnlichkeiten mit lebenden Personen wären rein zufällig und sind nicht beabsichtigt

Herstellung und Verlag:
BoD - Books on Demand, Norderstedt
ISBN 978-3-7347-8201-5

Montag, 21.06.2010

1: Der Finger

Diese Betonplatte war seltsam; einige Meter vom Gebäude entfernt, unter den Blumen, eine Betonplatte.

Er sollte vor dem Gebäude Fundamentlöcher vorbereiten, mit Spaten und Schaufel, für den Vorbau von Balkons. Das Ziel war, die Blumenbeete, die Rosen vor allem, durch die Bauarbeiten möglichst wenig zu zerstören, vernünftige Sache. Ein Loch hatte er schon fertig, 50 cm tief, und hatte mit Nr. 2 angefangen.

Dann war er mit dem Spaten auf etwas Hartes gestoßen, vom Geräusch her Beton; keine Ahnung, was der hier sollte, na ja, manchmal entsorgten die Maurer überschüssigen Zement irgendwo in Baunähe in der Erde. Er hatte den Beton nach und nach freigelegt, der musste ja weg, auf jeden Fall. Die Sache entpuppte sich als eine Platte, die mehr als zwei Meter lang war, einen Meter breit, 30 bis 40 Zentimeter dick, seltsam.

Dabei war heute so ein schöner Tag, dachte er. Es waren zwar Wolken unterwegs, auch große Schauerwolken, aber darüber strahlte der Himmel leuchtend blau, und die nahe Ostsee gab alles wieder, von dunklem tiefem Grau bis zu zartem Türkis und Gold in der besonnten Flachwasserzone. Die Luft war frisch, Blütenduft war darin und das Meer, der Seetang von der Strandlinie. Er konnte diese Wahrnehmungen kaum in Worte fassen, das war nicht seine Stärke, aber wahrnehmen und empfinden konnte er dies - und schlichte Formeln finden: *so ein schöner Tag.*

Und jetzt diese Betonplatte, ohne jede Funktion, einfach so mitten auf dem Grundstück. Die rechte Außenkante hatte er noch nicht ganz freigelegt, er machte sich wieder an die Arbeit.

An einer Stelle guckte irgendetwas aus dem Beton. Er bückte sich hinunter, guckte sich die Sache genauer an und säuberte sie ein wenig mit der Hand. Das Ding, das da aus dem Beton herausragte, war hart, betongrau und hatte unzweifelhaft die Form eines Fingers. Er richtete sich auf und griff nach seinem Handy.

2: Brockmann in Druck

„Brockmann, Mordkommission Kiel, was gibt's?"
„Ja, Brockmann, Missfeldt hier, gut, dass ich Sie erwische."
Der sonst eher distanzierte Kriminaloberrat Robert Missfeldt persönlich am Apparat, mit direkter Ansprache eines Mitarbeiters, da musste etwas Besonderes im Busch sein.
Brockmann war gewarnt.
„Was verschafft mir die Ehre, Herr Kriminaloberrat?"
„Tja, Brockmann, ich habe interessante Neuigkeiten für Sie, eine Überraschung sozusagen."
Die Alarmglocken meldeten sich ein wenig lauter.
„Ich habe seit längerem", die Stimme des Chefs bekam einen Anflug menschlicher Wärme, sicher das Ergebnis der letzten Fortbildung zum Personalmanagement und zur Qualitätsentwicklung in Polizeidienststellen, „seit längerem Gespräche mit unserer Psychologin geführt…"
„Schön für Sie. Aber …"
„Ja, aber vor allem schön für Sie! Wir haben uns vor Frau Clements Beurlaubung Gedanken gemacht über Ihre Situation, Herr Brockmann, seitdem Ihr Mitarbeiter Herr Alsen nicht mehr bei uns ist, und wissen Sie, wir glauben, dass wir etwas für Sie tun müssen."
Brockmann hatte das deutliche Gefühl, dass eigentlich er – mit fast fünfzig Jahren – am ehesten wissen sollte, ob etwas für ihn getan werden muss. Was ging hier vor? Und: seit wann verwendete der Chef dieses formelle „Herr"?
Brockmann hatte eigentlich nicht viel an ihm auszusetzen. Sein Chef kannte sich genau aus mit allen einschlägigen Vorschriften, hatte einen guten Draht zur Staatsanwaltschaft, bemühte sich, seine Kripo-Leute zu

unterstützen, wo es nur ging – es ging natürlich nur so lange, wie er nicht gezwungen war, Konflikte mit dem Ministerium auszufechten, dem es nur um zwei Sachen ging: erstens, vor der Öffentlichkeit gut da zu stehen, und zweitens, Geld einzusparen, wo immer es möglich oder auch unmöglich war – aber er hatte eine deutliche Schwäche, genauer gesagt, eine Kontaktschwäche; es fiel ihm schwer, außerhalb von Dienstbesprechungen und anderen formellen Situationen direkt auf seine Mitarbeiter zuzugehen und mit ihnen einfach ganz locker zu sprechen. Informellen Smalltalk hatte er in seinem Leben wohl nicht gelernt, ganz anders als der Ministerpräsident von der Nordseeküste, der mit seiner ungekünstelten Leutseligkeit selbst politische Gegner für sich einnahm.

Das Defizit seines Chefs kam Brockmann, der – wie er wusste – mit einer gewissen Berechtigung von manchen Kollegen als fast autistisch, zumindest als etwas eigenbrötlerischer Kauz, von manchen sogar als seltsame Kruke bezeichnet wurde, eher entgegen. Es verschaffte ihm Spielräume bei seiner Ermittlungsarbeit; genauer gesagt, seitdem sein Kollege ihn verlassen hatte (genau so hatte er das damals empfunden), konnte er machen, was er wollte, solange er irgendwann Ergebnisse vorlegte – und solange er gegenüber der Polizeipsychologin nicht auffällig wurde; aber das war ein anderes Kapitel, und dieses Kapitel war inzwischen durch die überraschende Heirat und den schnell folgenden Schwangerschaftsurlaub der lieben Frau Doktor Theresa Clement beendet. Aber sie hatte vorher anscheinend noch irgendetwas in die Wege geleitet, das ihm jetzt bevorstand. -

„Also, kurz und gut, kommen Sie um elf in mein Büro, dann reden wir weiter, Brockmann, ich will es noch ein bisschen spannend machen. – Ach ja, und, Brockmann, da steht noch etwas anderes an; bereiten Sie sich bitte auf unser Mitarbeitergespräch vor. Sie wissen doch, die neue Sache im Personalmanagement: Alle zwei Jahre ist ein solches Gespräch fällig – um zu überlegen, wie wir die bisherige Arbeit sehen, wo wir jetzt stehen und welche Ziele wir für die weitere Entwicklung des Kriminalhauptkommissars Brockmann definieren sollen. Auf dieses Gespräch bin ich schon sehr gespannt, also, Sie sehen, es liegt allerhand Spannung in der Luft, positive Spannung natürlich."

Missfeldt war in Hochform, der geborene Motivator. Der Minister wäre stolz auf ihn gewesen. Kaum wiederzuerkennen. Brockmann fühlte sich flau.

„Brockmann, aufgewacht! Jetzt ist doch wohl eine Reaktion fällig."

Missfeldt hatte Recht. Es fragte sich nur, ob er sich über die Reaktion, die in Brockmann rumorte, wirklich gefreut hätte.

„Ja, stimmt, Chef." Diese hemdsärmelige Anrede konnte helfen, den Ball wieder etwas flacher zu halten. „Diese positive Spannung hatte mich nur so ganz gefangen genommen, ich freue mich natürlich, bin um elf bei Ihnen."

Brockmann dachte an Urlaub.

Die sogenannte Überraschung konnte aus seiner Sicht, aus der Sicht eines Mannes, der Veränderungen hasste, nichts Gutes bedeuten. Und dann das Mitarbeitergespräch : zwischen einem schneidig-geschmeidigen Vorgesetzten, der in Wahrheit Kontaktprobleme hatte, und einem – wie schon gesagt – trotz psychologischer Betreuung tendenziell autistisch veranlagten Brockmann – das konnte nur eine Veranstaltung werden, gegen die eine

Talkrunde vom Kirchentag wahrscheinlich eine absolute Frohsinnsnummer war.

Draußen vor dem Fenster des alten wilhelminischen burgähnlichen Gebäudes in der Blumenstraße, „Blume" genannt, Sitz des Polizeipräsidiums und der Kripo Kiel, leuchtete ein schöner Frühsommermorgen, ziemlich überraschend, weil Kieler-Woche-Zeit war, traditionell eine Schlechtwetterzeit, in der atlantische Tiefdruckgebiete regelmäßig den Seglern und den feierwütigen Touristen die Laune vermiesten – Brockmann nahm dies alles nur aus den Augenwinkeln wahr.

Das Telefon unterbrach sein dumpfes Brüten.

„Was gibt's?"

„Ach, Brockmann, echt schön, dich zu hören. Dein lieber Kollege Schleth. Du bearbeitest doch den Fall der Mumie, du weißt, des Rentners, der vor kurzem halb mumifiziert in seiner Wohnung am Hasseldieksdamm gefunden worden ist."

„Ja, ja."

„Die Todesursache war ja nicht mehr feststellbar."

„Stimmt."

„Sag mal, Brockmann, du bist so gesprächig heute. Du redest einen ja direkt an die Wand."

„Komm, Willi, sag, was Sache ist. Psychologen habe ich schon genug am Hals."

„Na gut. Also: wir haben einen Abschiedsbrief gefunden, absolut authentisch. Er war in eine alte HÖRZU gerutscht. Der Mann war schwer krank, hat der Hausarzt bestätigt. Ich denke, die Akte kannst du schließen. Ich schick dir den Brief gleich rüber. Und: fühle Hoffnung, Bruder. Deutschland wird weiter gewinnen."

„Ja, ist gut. Ich dank dir. Für den Brief und für die Wünsche."

In der Tat war Brockmann neben seinem Leben als bekennender Werder-Bremen-Fan auch ein skeptischer, gleichwohl im Stillen intensiv empfindender Anhänger der deutschen Nationalmannschaft, und natürlich machte er sich in seinem aus seiner Sicht genetisch verankerten Pessimismus Sorgen um die deutschen Jungs um Jogi Löw bei der Fußball-WM in Südafrika.

Was ihm wirklich zu schaffen machte, hatte damit aber nichts zu tun, genau so wenig wie der traurige Fall des alten schwerkranken Mannes, der aus dem Leben gegangen war, ohne dass über Monate irgendjemand davon Notiz genommen hatte. Er hatte über Jahrzehnte die zunehmende Anonymität und Vereinsamung alter Menschen in der Gesellschaft beobachtet, ohne etwas verändern zu können; er konnte nicht die ganze Welt retten.

Aber all das konnte Willi Schleth natürlich nicht wissen. Obwohl er wahrscheinlich der Einzige bei der Kieler Kripo war, der über Brockmann etwas besser Bescheid wusste, besser auf jeden Fall als der Chef und besser auch als Adele Fischer, die Schreib- und Recherchekraft der Abteilung, die von vielen heimlich oder offen Adelheid genannt wurde, in Anlehnung an eine Fernsehkrimi-Tippse, die – gespielt von Evelyn Hamann – als Adelheid Moebius einen Fall nach dem anderen gelöst hatte. Willi Schleth war einer der wenigen Menschen, der mit Brockmann auch außerhalb des Jobs regelmäßig zu tun hatte: Beide waren Mitspieler in einer Freizeit-Fußballtruppe, die sich trotz ihres Durchschnittsalters von über 50 Jahren regelmäßig zum Bolzen auf dem Nordmark-Sportfeld traf – begleitet von großer Besorgnis ihres Chefs, der um die Gesundheit seiner Spitzen-Ermittler fürchtete.

Brockmann überlegte, ob er Schleth doch ins Vertrauen ziehen sollte. Hauptkommissar Schleth, für die Kriminaltechnik zuständig, war – wie nicht nur Brockmann fand – ein seltsamer Vogel, aber vielleicht hatten sich mit Brockmann und ihm gerade deshalb zwei Sonderlinge gesucht und gefunden. Schleth wirkte nach außen hin eher wie ein Landwirt, der sich in das Kripo-Kommissariat verlaufen hatte, und fühlte sich ganz offensichtlich an schlammigen, unwegsamen Tatorten in seinen Gummistiefeln und dem weißen Overall der Spurensicherer am wohlsten und war in diesem Arbeitsfeld ein absoluter Profi, daneben auch Experte in allem, was das weite Feld der beamtenrechtlichen Vorschriften angeht. Auf der anderen Seite – und daran musste Brockmann mit einem gewissen Schaudern denken – mit einer Vorliebe für Sex-Witze schlimmsten Niveaus, für sexistische Anmache, die Kolleginnen und Frauen jeden Alters gerade deshalb schockierte, weil man so etwas von Schleth mit seiner biederen Erscheinung und seinem ausdrucklosen Gesicht überhaupt nicht erwartete. Und – was dazu kam – er hatte absolut einseitige Essensprinzipien und – vorlieben, die schon zur Auflösung seiner Ehe geführt hatten, weil seine Frau es leid war, immer nur die deutschen Imbiss-Hits zuzubereiten, Bratkartoffeln oder Pommes oder Kartoffelbrei – jeweils mit Schnitzel, Brat- und Currywurst oder Kotelett, als Gemüse nur Möhren - , tagein, tagaus. Sie hatte ihm vorgeschlagen, in das NDR-Comedy-Schlemmerbistro von "Steffi" umzuziehen, und hatte ihn verlassen, vielleicht auch deshalb, weil er manchmal die Sensibilität einer Planierraupe hatte.
Und so konnte Schleth auch nicht wahrnehmen - das wusste Brockmann -, dass er trotz der Erleichterung über die Klärung des deprimierenden Falles um den toten

Rentner, der ihn wochenlang beschäftigt hatte, keine wirkliche Freude in seine Stimme hatte legen können.

Die Sorge, die Frage, die ihn bewegte, den coolen, nüchtern-rationalen Polizisten und Einzelgänger Karl Brockmann, war die, wie er seinen 50. Geburtstag feiern oder nicht feiern sollte. Und das war natürlich auch eine Frage danach, wie sein Leben weitergehen sollte – insgesamt Fragen, die ihm tiefstes Unbehagen bereiteten, auch deshalb, weil überhaupt die Beschäftigung mit der eigenen Person und Befindlichkeit ihm sonst völlig fern lagen. Er hatte einen Blick auf die Wirklichkeit, den er als pragmatisch-realistisch bezeichnete, und deshalb war z.B. Alt-Bundeskanzler Helmut Schmidt für ihn ein geistiger Leuchtturm, der Mann, der politische Utopisten schon mal zum Arzt hatte schicken wollen.

Vor ein paar Tagen hatte er im Radio eine plattdeutsche Geschichte gehört, von einem pensionierten Professor, Reimer Bull, den er sehr schätzte, mit Humor, mit Weisheit und der geraden nüchternen Offenheit, die zum Plattdeutschen gehört. Reimer Bull hatte von einem Skatfreund berichtet, der am Ende des Kartenspielabends von dem Lebensstrich erzählt hatte; jeder sollte einen Strich auf einen Zettel zeichnen – sinnbildlich für das eigene Leben, mit Anfang und Ende – und sollte dann mit einem Kreuz markieren, wo auf dem Lebensstrich er sich sah, und dann überlegen, was er mit der verbleibenden Lebensphase anfangen wollte.

Brockmann hatte das auch gemacht, für sich, und das Ende von seinem Lebensstrich, das er sich gab, war so lang nicht. Was sollte er machen in den Jahren und Tagen, die ihm blieben?

Er trat vor den Spiegel, der in einer Ecke am Fenster hing. Er wusste, dass manche fanden, er sehe dem Kieler Fernsehkommissar Borowski ähnlich, aber das war ihm egal, und es stimmte auch nur für die große, noch immer schlanke Figur. Er sah einen Mann, der nüchtern, sachlich und oft etwas mürrisch wirkte, distanziert, aber nicht langweilig, fand er, mit skeptischem Blick, mit der Bereitschaft zum Spott in den Augenwinkeln, aber auch einer Portion Entschlossenheit, die, wie er wusste, schon mal zu unkontrolliertem Zorn werden konnte. Dieser war sicher zumindest teilweise der Tatsache geschuldet, dass er zu oft hatte schlucken müssen, dass Menschen, die er als Verbrecher überführt hatte, freigesprochen worden oder viel zu milde davongekommen waren. Dieser Zorn hatte ihn durchaus gelegentlich in Schwierigkeiten gebracht, aber er hatte sich noch nicht in sein Gesicht gefressen. Er war eigentlich zufrieden, auch wenn die Jahre ihre Spuren hinterlassen hatten, die hohe Stirn vor immer noch recht vollem, dunklem Haar, das ausgeprägte Kinn, die Wangen, in denen schon der Weg zu einer gewissen schlaffen Pausbäckigkeit …

In diesem Moment klingelte das Telefon. Adele.

„Adele, was gibt's?"

„Da ist ein aufgeregter Dorfpolizist am Telefon. Hat eine Leiche gefunden, sagt er."

„Stell ihn durch.-

Hauptkommissar Brockmann, Mordkommission, was ist los?"

„Moin. Polizeihauptmeister Althoff, Laboe. Wir haben hier vor 15 Minuten eine Leiche gefunden, in einem alten Betonfundament bei einem Appartementhaus."

„Gut, dass Sie das umgehend gemeldet haben, Althoff. Wir kommen vorbei; die Fundstelle ist abgesperrt, oder?"

„Ja, das ist erledigt. Bis bald, Herr Hauptkommissar. Die Adresse ist Seeblick 1, ein kleiner Abzweiger vom Prof.-Munzer-Ring, am Ortsausgang von Laboe, Sie fahren bei einer Apfelwiese links rein, kurz vor den Gaststätten

Aukrog und *Kaffeehaus*, nicht zu verfehlen; ein gelber Bau mit einem traditionellen Giebeldach, allerdings in glänzendem Grün,sieht ein bisschen wie ein dänischer Gutshof aus, nennt sich *Seegard*."

„Gut, Althoff, bleiben Sie vor Ort, wir sehen uns."

3 : *Der Neue*

Brockmann benachrichtigte Schleth und dessen Team von der Spurensicherung und ging dann zu Missfeldt. Der saß mit einem jüngeren fremden Mann im Zimmer.

„Chef, unser Rendezvous um 11.00 Uhr muss leider ausfallen. Leiche in Laboe. Wir sehen uns."

„Ja, ich weiß Bescheid. Die Kollegen aus Preetz haben uns gebeten, den Fall zu übernehmen. Und es trifft sich gut, dass Sie vorbeikommen, Brockmann. Ich möchte Ihnen Ihren neuen Mitarbeiter vorstellen, Kommissar Theo Neuer aus Elmshorn. Die Überraschung, von der ich sprach."

Die Überraschung war ca. 1,70 groß, vielleicht Mitte 30, schlank, sportlich wirkend, aber auch irgendwie zart, mit dunklen, halblangen, leicht gewellten Haaren, die braunen Augen über einer relativ großen Nase waren wach, aber auch etwas traurig, vielleicht wegen des unübersehbaren Gerstenkorns, das das linke Unterlid zierte. Jackett, T-Shirt, dunkle Jeans – unauffällig, der kleine junge Mann, aber Frauen fanden ihn bestimmt gut aussehend. Er weckte Beschützerinstinkte, aber nicht bei ihm, Karl Brockmann. Von Liebe auf den ersten Blick konnte nicht die Rede sein.

„Ihr könnt euch auf der Fahrt näher bekannt machen; los, Brockmann, los, Neuer, machen wir die Welt wieder etwas sicherer!"

Brockmann versuchte in seinen Abschiedsblick noch einmal sein ganzes Unbehagen zu legen, aber der Motivator ließ sich nicht bremsen, sondern legte noch einen drauf.

„Heute um 16 Uhr möchte ich die Ergebnisse auf einer Teamsitzung mit Ihnen besprechen; Teilnehmer: Brockmann, Neuer, Fischer, Schleth, Frau von der Aue, unsere neue Psychologin. Überraschung Nr. 2, Brockmann. Sie sehen, alles fließt, alles geht voran, und Sie gehen jetzt an die Arbeit. Meine Herren!"

Brockmann zog mit seinem Neuen ab.

„Ich fahre", sagte er.

Brockmann fädelte sich in den Verkehr Richtung Ostufer ein; der Hafen lag voller alter Segelschiffe, wie immer in der Kieler Woche, und Neuer staunte.

„Mann, Herr Brockmann, ich war noch nie während der Kieler Woche hier, ich hatte keine Ahnung, dass das alles so schön …"

„Na ja, ist wirklich ganz schön; ich sehe die alten Segler auch ganz gern, aber man gewöhnt sich auf Dauer natürlich etwas daran. Sind eben alte Segelschiffe. – Erzählen Sie von sich, Neuer!"

Total blöd, dachte Brockmann, wie kann man nur einen so bescheuerten Namen haben. Aber unser Nationaltorwart Nr.1 heißt ja auch so.

„Tja."

Eine Pause entstand; Brockmann, ausnahmsweise ganz die Ruhe selbst, ließ dem anderen Zeit. Er fand sich ziemlich gut; er hatte doch das Eine oder Andere von Theresa Clement gelernt.

„Ich hab Abi gemacht, in Reinbek bei Hamburg, war einerseits ganz sportlich, hab mich andererseits für Germanistik und Psychologie interessiert, auch dafür, was Menschen bewegt, das zu tun, was sie tun, na ja, und wenn ich ehrlich bin, war da auch der Traum, die Welt irgendwie ein wenig in Ordnung zu bringen. Wissen Sie, mein Vater ist Versicherungsangestellter, und ich sehe, dass er seine Arbeit oft genug als ziemlich entfremdet erlebt. Ich wollte Sinn in meiner Tätigkeit, hab mich dann zur Kripo gemeldet, verschiedene Dienststellen, zuletzt seit 10 Jahren in Elmshorn, Schwerpunkt Drogenfahndung."

„Und jetzt konnten Sie es keinen Tag länger in einer hässlichen Stadt mit miesen Verbrechen aushalten."

Brockmann hatte vor längerer Zeit einige Wochen vertretungsweise im Kommissariat Elmshorn verbracht, hatte das aus seiner Sicht heillos hässliche Stadtbild fürchten gelernt und dachte an den Mord an dem kleinen Jungen irgendwann in den letzten Jahren, den sein Stiefvater zu Tode geschüttelt und dann in einer Sporttasche in irgendeinem Gartenschuppen abgelegt hatte. Ein Verbrechen totaler sozialer Verwahrlosung, wie er es in gewisser Weise als typisch für diese Stadt empfand – er wusste selbst, dass das in Hartz-IV-Zeiten sicher ungerecht war, dass er mit seinen rigorosen Urteilen behutsamer sein musste.

„Nein, Herr Brockmann, nichts von alledem. Ich kenn zwar den Spruch: *Wenn du aus Elmshorn kommst, kannst du in der Welt alles kriegen, nur kein Heimweh,* aber ich finde Elmshorn eigentlich ganz o.k. Nee, ich hatte mich unglücklich in eine junge Kollegin verliebt, Polizeianwärterin, ich lief nur noch mit verliebtem Dackelblick durch die Gegend und merkte nicht, dass sie mich nur als kollegialen Ratgeber schätzte – na ja, vor diesem unhaltbaren Zustand bin ich geflüchtet. *Ein leicht bewegtes Herz ist ein elend Gut auf der schwankenden Erde,* sagt Goethe."

„Da hat er sicher recht, Kollege. Sie sind ja der reinste Schöngeist. Haben Sie das Gefühl, dass Sie richtig sind bei der Polizei? Und was haben Sie da am Auge?"

„Das ist ein Gerstenkorn, eigentlich typisch für die Pubertät. Krieg ich am laufenden Band, diese Scheißdinger. Die Ärzte wissen auch nicht, warum. Sowieso hatte ich das Gefühl, die Situation da in

Elmshorn macht mich krank, dauernd irgendwelche Infektionen. Hatte ich früher nie."

Mit diesem liebeskranken, pubertierenden, nicht belastbaren Spinner sollte er seine Fälle lösen. Was hatte sich Missfeldt nur gedacht?

„Egal, Herr Brockmann, Sie wissen als lebenserfahrener Polizist, dass ein Mensch viele Seiten hat. Ich hoffe, ich kann Ihnen auch meine Ermittlerqualitäten zeigen in der nächsten Zeit. Und ich hoffe, dass ich von Ihnen lernen kann."

Brockmann gab widerwillig ein Geräusch von sich, das ein Einverständnis signalisieren konnte. Sie mussten sich ja nicht innig lieben und kosen, sondern sollten zusammen Täter ermitteln – ganz sachlich und seinen Entscheidungen entsprechend; das musste gehen, oder?

„Sehen Sie, Neuer, ich setze vor allem auf die Fakten, die Spuren am Tatort, das, was die Leiche uns erzählt, die Unstimmigkeiten im Leben und Verhalten möglicher Verdächtiger; wie gesagt, ich sehe Kripo-Arbeit als ein sehr sachliches, rationales Geschäft." Dass das nicht die ganze Wahrheit war, musste er Neuer nicht unbedingt gleich auf die Nase binden. Natürlich hörte er auch auf seine Intuition, die sich nicht zuletzt aus seiner Erfahrung speiste, und natürlich war die teilweise verbissene Energie, seine Fälle zu lösen, nicht in erster Linie Ergebnis vernünftiger Überlegungen, sondern war verbunden mit einer gewissen Sturheit, die er seinem Sternbild Steinbock zuschrieb, und einem tief verwurzelten Gerechtigkeitsgefühl, das seit seiner Kindheit ein Tiefenmotiv seines Handelns war – und das gelegentlich auch zu Regelüberschreitungen seinerseits geführt hatte.

„Wir gucken mal, wie das funktioniert mit unserer Zusammenarbeit. Sie können mich vor allem dadurch unterstützen, dass Sie bei Gesprächen Notizen machen und versuchen, einen Eindruck, eine Einschätzung von den Zeugen zu gewinnen. Schauen wir mal."

4: Laboe ist schö'

Brockmann war lange nicht mehr am Ostufer der Förde gewesen und ewig nicht in Laboe. Er wählte nach der Abfahrt von der B 502 nicht die Umgehungsstraße Richtung Stein, sondern bog ab, eingeladen von der großen Werbetafel „*Laboe ist schö*'", deren wunderbarer Reim ihn fast von der Straße gefegt hätte und zeigte, dass sich Laboe inzwischen auch in der Hand ausgewiesener Marketing-Strategen befand, die wahrscheinlich aus dem Bodenseegebiet stammten, und fuhr durch den Ort, um sich einen kleinen Eindruck zu verschaffen. Laboe, am östlichen Ausgang der Kieler Förde gelegen, bestand eigentlich aus zwei Dörfern oder Ortsteilen, dem alten Bauerndorf oben auf der alten, hoch gelegenen ehemaligen Küstenlinie, dem Oberdorf, und dem neueren Ortsteil, dem Unterdorf, direkt an der Ostsee, der sich im Gefolge des Aufschwungs des Badetourismus entwickelt hatte. Durch diesen Teil mit Strand und Promenade fuhr Brockmann.

Der neue riesige Segelhafen im Süden und einige größere Baustellen für neue Appartementkomplexe verschafften ihm den Eindruck, dass es mit Laboe und seinem Fremdenverkehr aufwärts ging, dass man hier gutes Geld machte und sicher noch mehr machen konnte. Auch die Promenade, an der die Straße ein Stück entlang führte, war äußerst belebt – na ja, das konnte auch an der Kieler Woche liegen.

Kurz hinter dem U-Boot aus dem 2. Weltkrieg, das aufgebockt auf dem Strand jede Menge Besucher anlockte, vor allem seit dem Film „Das Boot" von Wolfgang Petersen, und dem riesig hohen, grandiosen Bauwerk des Ehrenmals, das anfangs, 1927, *für deutsche Seemanns-Ehr* entstanden war, nun aber umgewidmet dem Gedenken der gefallenen Marinesoldaten aller Nationen dienen sollte, führte die Straße nach rechts von der Ostsee weg. „Jetzt müssen wir gleich links abbiegen", sagte Neuer. Er hatte ein Etwas in der Hand, das wohl ein Handy war, aber deutlich größer als die Geräte, die Brockmann kannte, mit einem großen Display, auf dem Neuer immer wieder mal herumwischte.

„Herr Brockmann, das ist ein Smartphone, der letzte Schrei unter den Handys. Ich kann damit ins Internet gehen, super Fotos und kleine Videos machen, na ja, und telefonieren kann ich damit natürlich auch. Im Moment habe ich die Navigationsfunktion aktiviert, und deshalb sage ich, dass wir gleich links ab müssen."

Brockmann kam sich vor wie ein alter Dorfdepp und verstummte erst einmal. Als sie kurz darauf in die Stichstraße „Seeblick" links einbogen, wurde auch Neuer ganz still.

Brockmann schaute aus den Augenwinkeln nach rechts zu dem liebeskranken Schöngeist und Technik-Freak auf dem Beifahrersitz; er saß mit großen Augen stumm da und staunte über das große Förde-Kino, als sei er Zeuge der neuesten Oskar-Verleihung. Neuer schien die Welt anders zu erleben als er, dachte Brockmann, aber auch er konnte nicht abstreiten, dass der Blick ganz schön war.

Von Süden strahlte die Sonne auf eine Unzahl von Segelschiffen, alten Traditionsseglern und Pulks von modernen Sportbooten, die nach undurchschaubaren Gesetzen irgendwelche Regatten austrugen, das Ganze auf einem bleigrau dunklen Meer vor einer noch dunkleren Schauerwolke, die gerade durchgezogen war; dazwischen zogen kleinere und größere Containerschiffe ihre Bahn, die zum normalen Nord-Ostsee-Verkehr der Förde und des Kanals gehörten und rätselhafter Weise ihren Weg durch die regellos durcheinander fahrenden

Segler fanden. Davor, in Strandnähe, leuchteten in atemberaubender Bewegung die bunten Segel der Kite-Surfer, die hier im Flachwasserbereich ein ideales Revier gefunden hatten. Dieser Blick bot sich ihnen auf dem kurzen Weg zu ihrem Ziel, dem Appartementhaus mit der Leiche im Beton, ein Blick, den man nicht so leicht vergaß.

Sie fuhren auf einen großen Parkplatz, der zusammen mit einer Tiefgarage auf der der Förde abgewandten Seite des Gebäudes lag; Schleth war mit seinem Team schon vor Ort, ebenso der Laboer Kollege mit seinem Dienstfahrzeug. Neuer träumte vor sich hin.

„Dann wollen wir mal, Neuer."

„Ja, Herr Brockmann, tut mir leid. Hab ich noch nicht gesehen, so einen grandiosen Blick."

„Lassen Sie mal gut sein, das werden wir in der nächsten Zeit noch öfter haben."

Hauptmeister Althoff trat auf sie zu, ein älterer Mann, dessen kräftige Figur mit dem unübersehbaren Bauch wohlmeinende Frauen wohl stattlich nennen würden, mit lustigen Augen und einer Hakennase. Er sprach breites Holsteinisch und schien ein Exemplar der aussterbenden Gattung der in ihrer Heimat verankerten Dorfpolizisten zu sein, einer, der sich auskannte, einer, für den seine Gemeinde das Wichtigste war – Feierabend hin oder her. Er bewegte sich mit der Sicherheit eines Gastgebers. Das hier war für ihn ein Heimspiel.

„Moin. Herr Brockmann, Moin, Herr ….?"

„Ich bin Neuer. Oberkommissar Neuer."

Althoff zwinkerte einmal, wohl um zu prüfen, ob er verarscht wurde, und fuhr, als alle ernst blieben, fort: „Wir müssen zur Vorderseite des Hauses gehen."

Dort bot sich ihnen der gleiche grandiose Blick, den sie eben auf der Zufahrt genossen hatten; hier hatten die ungefähr 20 Appartements große bodentiefe Fenster und Türen hinter sogenannten französischen Balkongeländern, seltsamerweise jedoch keine normalen, aus dem Gebäude herausragenden Balkons. Die Lage war einzigartig und unverbaubar; vor dem Gebäude erstreckte sich nur noch der so genannte Naturerlebnisraum Ostsee, ein naturbelassener Geländestreifen mit einem von der Ostsee abgeschnittenen Strandsee, einem Info-Zentrum und einem reetgedeckten Lokal, drei weitere Gaststätten waren ganz in der Nähe, ohne dass sie stören konnten, bis zum nächsten Strand waren es vielleicht 200 Meter. Wie hatten die Bauherren es geschafft, für dieses Juwel in Alleinlage eine Baugenehmigung zu bekommen? überlegte Brockmann.

„Hier vorne ist es", sagte Althoff.

Sie sahen vor dem Nordteil des Gebäudes eine durch Plastikband abgesperrte Baugrube, in der Schleth schon bei der Arbeit war. Ein paar Menschen standen am Absperrband, Kinder auch. Brockmann lief die Galle über.

„Brockmann, Kripo Kiel. Verschwinden Sie sofort hier vom Tatort, vor allem Sie mit den Kindern, sonst bunker ich Sie ein."

Die Leute wichen zurück, bis auf zwei Männer, die sich als Bauunternehmer Wöhlkamp und Hausmeister Groth vorstellten.

„Gut, meine Herren, halten Sie sich zur Verfügung. Wir reden gleich mit Ihnen, mein Kollege Neuer und ich."

Sie gingen etwas näher an die flache Grube heran; Betreten des unmittelbaren Tatorts war, solange die Kriminaltechnik arbeitete, ein absolutes Tabu bei der Kieler Mordkommission.

Schleth stand in der flachen Grube und wartete schon auf sie. „So ganz frisch ist der nicht mehr, würd ich sagen, und von selbst hat der sich hier bestimmt nicht reingelegt", grinste er. Ihm konnte kaum etwas die gute Laune verderben. „Da haben Umwandlungsprozesse zwischen Leiche und Zement stattgefunden, mit denen ich überhaupt keine Erfahrung habe. Ich schätze, er liegt so acht bis 10 Jahre hier, ich sage „er", weil es sich mit ziemlicher Sicherheit um einen Mann handelt. Wenn wir alles mit Fotos und Video dokumentiert haben, werden wir den Burschen erstmal mit unserem Presslufthammer frei legen; Professor Schneider von der Gerichtsmedizin ist schon informiert, er hat grünes Licht gegeben. ich werde mir die Kleidung ansehen und dann kommt er auf den Tisch vom Professor. Erst dann kann ich mehr sagen."

Brockmann sah einen fast freigelegten, ziemlich entstellten, grau gefärbten, halb skelettierten Kopf und Körper, die Arme und Beine waren noch im Beton verborgen. Sein neuer Kollege sah sich den Tatort aufmerksam und zumindest nach außen hin ungerührt an. So zart schien er denn doch nicht zu sein. Schleth warf den Presslufthammer wieder an, und Brockmann wandte sich ab und ging, gefolgt von Neuer und Althoff, zum Hausmeister und dem Bauunternehmer.

„Noch einmal guten Morgen, meine Herren. Sie haben irgendwie mit dem Fund der Leiche zu tun?", fragte Brockmann.

Wöhlkamp deutete auf eine Tischsitzbank am Rande des Rasengrundstücks. „Wollen wir uns setzen? Kaffee kann ich Ihnen leider nicht anbieten, wir haben keine Restauration hier im Haus."

Althoff schaltete sich ein. „Also daran soll es nicht fehlen; ich hol kurz eine Kanne aus dem Revier." Er freute sich offensichtlich, dass mal mehr los war in Laboe als geklaute Handtaschen am Strand, und machte sich, ohne noch eine Zustimmung abzuwarten, auf den Weg.

„Schießen Sie los, Herr Groth, Herr Wöhlkamp", forderte Brockmann die beiden auf, Neuer hatte einen Notizblock aufgeklappt.

Die beiden wirkten irgendwie wie Weißbrot und Schwarzbrot, fand Brockmann. Sein Hunger auf ein zweites Frühstück schlug wohl durch bei diesem Vergleich. Hausmeister Groth war bedächtig in seinen Bewegungen, auch in seiner Sprache, groß, stämmig, blond, wetterbraun; Wöhlkamp, in den 50ern, mit kräftigem dunklen Haar ohne auch nur einen Anflug von Grau, wirkte hellwach, lebendig, freundlich-kumpelhaft, der Typ, der einem die hässlichste Hütte mit einem strahlenden Lächeln und kräftigem Schulterklopfen unterjubeln konnte. Dachte Brockmann.

„Sie haben die Leiche gefunden, Herr Groth."

„Ja." Es entstand eine deutliche Pause, aber irgendwann besann sich Groth, weiterzusprechen.

„Wissen Sie, das Haus soll Balkons kriegen, richtige, vorgebaute, hat die letzte Eigentümerversammlung beschlossen, und Herr Wöhlkamp hatte mich gebeten, die Sache schon ein wenig vorzubereiten."

„Wie kommt es, dass diese Baumaßnahme jetzt erst erfolgt?" fragte Neuer, „das Haus ist doch bestimmt schon 10 Jahre alt."

„Ach, wissen Sie", Wöhlkamp antwortete für Groth, „es gab schon eine kritische Phase während des Baus, 2000 übrigens, in der es nur darauf ankam, die Hütte irgendwie hochzuziehen. – Verzeihen Sie, ich habe mich noch nicht genauer vorgestellt: Herbert Wöhlkamp, ich bin sozusagen einer der Männer der ersten Stunde hier; mir gehörten ursprünglich 6 der 20 Appartements, alle verkauft inzwischen, Appartements der Spitzenklasse, wenn ich das so sagen darf. Aktuell habe ich als Bauunternehmer von der Hausgemeinschaft den Zuschlag für den Balkonbau bekommen, und jetzt kommt Groth ins Spiel."

„Tja." Groth kratzte sich am Kopf. „Ich helf' Herrn Wöhlkamp gelegentlich, wenn es sich ergibt. Heute Morgen hab ich da oben begonnen, ein Loch für die ersten Balkonständer vorzubereiten. Wenn man das behutsam macht, kann man die ganzen Rosen retten und an anderer Stelle wieder einsetzen."

„Groth ist die Seele des Ganzen hier", sagte Wöhlkamp, lachte und klopfte dem Hausmeister auf die Schulter.

„Können wir jetzt mal zur Sache kommen?", sagte Brockmann.

Groth kratzte sich im Nacken. „Tja, also, so in 50 cm Tiefe bin ich auf diese Betonplatte gestoßen; ich hab mich gewundert, weil die da vor dem Haus keinen Sinn hat, eigentlich, aber denn hab ich gedacht, dass die Dänen – den Bau hat damals wohl eine dänische Firma hoch-gezogen – da einfach überschüssigen Beton entsorgt haben, und denn … hab ich den Finger gesehen, an der Seite, auch betongrau, aber klar `n Finger. Da hab ich auf unserer Wache angerufen." Groth atmete tief aus. Eine so lange Wortkaskade hatte er wahrscheinlich seit 10 Jahren nicht herausgedrückt.

„Vielen Dank, Herr Groth, das haben Sie sehr umsichtig gemacht. Haben Sie irgendeine Ahnung, wer und was das hier sein könnte?"

Brockmann hätte die Frage am liebsten gleich wieder verschluckt. Groths Augen fingen an, unruhig hin und her zu wandern, er suchte Hilfe am Horizont der Ostsee, vergeblich, kratzte sich, diesmal unter der Achsel, und sagte: „Neee, keine Ahnung."

„Und Sie, Herr Wöhlkamp, als Mann der ersten Stunde ?"

„Nein, Herr Hauptkommissar, das Ganze ist mir ein Rätsel. Herr Groth hat seine Aufgabe vor 5 Jahren übernommen, hat also von der Bauphase nichts mitgekriegt. Und ich und meine Mitstreiter, wir haben schon den Baufortschritt der Dänen verfolgt, die waren damals konkurrenzlos billig, aber von irgendeinem Todesfall oder vermissten Bauarbeiter haben wir nichts mitbekommen, wenn ich mich richtig erinnere."

Brockmann stand auf. Neuer war noch nicht fertig:

„Haben Sie das Gefühl, dass die kritische Situation in der Bauphase, von der Sie gesprochen haben, etwas mit dem Toten zu tun haben könnte?"

„Nein, das ist völlig abwegig. Wissen Sie, wir hatten damals 2000 einen Teil der Finanzierungsmittel in Aktien und Fonds geparkt, es gab zum Teil Gewinne von über 100 % in kurzer Zeit, aber dann platzte die Blase, und wir sahen alt aus, wirklich ganz alt. Aber das ist Schnee von gestern, hat sicher nichts mit diesem illegalen Arbeiter im Beton zu tun."

„Na schön, vielen Dank, dass Sie uns schon eine Lösung des Falls anbieten. Faxen Sie uns bitte Namen und Adresse der dänischen Baufirma. Hoffentlich sind die nicht schon längst pleite. Darum können Sie sich kümmern, Neuer, oder wir setzen Adele nachher darauf an. Wir müssen jetzt vor allem erstmal die Ergebnisse der Spurensicherung und Obduktion abwarten. Wir kommen auf Sie zurück, wenn sich neue Fragen ergeben", sagte Brockmann zu Wöhlkamp. Althoff kam ihnen mit einer Thermoskanne Kaffee entgegen und lud sie, da sie sich schon zum Gehen gewandt hatten, auf eine Tasse in seinem Revier ein.

„Wird Zeit, dass Sie mein Lagezentrum kennen lernen",
sagte er.

5 : Zirkus Althoff

Sie fuhren hinter Althoff her durchs Oberdorf, das
inzwischen durch ein größeres Neubaugebiet erweitert
war, aber insgesamt doch einen viel ruhigeren und
beschaulicheren Eindruck machte als das Unterdorf mit
seinem Strand und Fremdenverkehr. In der Dorfstraße
parkte Althoff schließlich vor einem gelben, villen-
ähnlichen älteren Gebäude, der Polizeiwache Laboe.
Neben dem Dienstraum mit Tresen, Schreibtisch, Telefon
und Computer gab es einen Frühstücksraum mit dem
Charme einer Junggesellenküche. Hier nahmen sie Platz;
es war wirklich Zeit für einen kräftigen Kaffee.

„Willkommen im Zirkus Althoff, sozusagen." Althoff
strahlte über seinen Scherz. „Demnächst wird unsere
Villa neu gestrichen, dann sind wir die schönste
Polizeiwache an der ganzen Förde."

Er war rundherum zufrieden mit sich und der Welt. Was
er jedoch seiner Thermoskanne entlockte, hatte eher
Fuchsgiftcharakter und hätte möglicherweise die
Betonleiche in Schüttelkrämpfe versetzt.

„Kochen Sie öfter Kaffee?", fragte Brockmann, nachdem
er einmal genippt hatte.

„Jaa-aa", sagte Althoff, „will alles gelernt sein. Ich habe
den Frauen im Ausschank bei unseren *Laboer
Lachmöwen* oft genug über die Schulter geschaut."

„Laboer Lachmöwen?"

„Ja, unser plattdeutsches Theater! Da bin ich oft dabei,
manchmal sogar als Dorfgendarm, den jugendlichen
Liebhaber nimmt mir ja keiner mehr ab. Na ja, wir
spielen witzige Stücke op Platt, gibt ja sonst wirklich
nicht immer so viel zu lachen auf der Welt, und vor der
Aufführung können sich die Zuschauer stärken – mit

Matjes und Möwenschiss zum Beispiel, das ist dicker Kakao mit Wodka, na ja, und mit Kaffee natürlich."

Neuer nickte höflich, sagte aber keinen Ton und schob die Tasse weit von sich fort, ohne dass Althoff das bemerkte. Er platzte nämlich fast vor Neugier.

„Na, was haben Ihnen Wöhlkamp und Groth erzählt?"

„Soll ich offen sein?", sagte Brockmann. „Groth wirkt doch irgendwie nicht, wie der hellste Leuchtturm an Laboes Küsten; ziemlich verlangsamt, der Junge."

„Das mag so scheinen", sagte Althoff, „er redet wirklich nicht so schnell, aber täuschen Sie sich nicht. Der hat seine Augen überall, dem entgeht nichts auf dem Gelände. Und was hat Wöhlkamp erzählt, der alte Lautsprecher?"

Althoff kannte sich anscheinend ziemlich gut aus in seinem Dorf.

Neuer antwortete: „Wirklich ziemlich großsprecherisch, der Mann, aber zur Sache konnte er nichts sagen, abgesehen von der Vermutung, dass die dänische Baufirma da vielleicht einen lästigen Unfalltoten entsorgt hat. Und dann hat er nebenbei noch angedeutet, dass es während des Baus eine kritische Phase gegeben hat. Wissen Sie mehr darüber?"

„Tja, in der Tat." Klar, dass Althoff seine Wichtigkeit genoss.

„Erstmal müssen Sie wissen, dass an dem Platz, wo das Haus steht, schon in der Kaiserzeit ein Hotel, Cafe´ und Restaurant war, und da hat es also durchgängig Bebauung gegeben; deshalb war es überhaupt möglich, an dieser exponierten Stelle problemlos einen Neubau zu errichten. Und jetzt müssen Sie sich in die Zeit vor 9, 10 Jahren zurückversetzen; alle hatten sie doch nur noch die Euro- bzw. D-Mark- oder Dollarzeichen in den Augen, man konnte mit dem Internet dick Kohle machen, wenn man es geschickt anstellte, und man konnte, weil dieses ganze Geld auf den Markt drückte, auch mit Immobilien Schotter machen ohne Ende – bis dann die Blase platzte. Und Wöhlkamp war mittendrin, er und seine drei Partner waren die so genannten Fantastischen Vier : der damalige Gemeindevertreter Eduard Rober, Franz Witteck, ein Lehrer, der durch eine Erbschaft zu Geld gekommen war, und Salvatore Baggio, ein Italiener, der genau dort, wo jetzt der Appartment-Bau steht, eine Pizzeria besaß, na ja, und Herbert Wöhlkamp selbst. Die Vier hingen auch privat abends oft zusammen; in besagter Pizzeria von Salvo, wie sie ihn nannten, da ging oft die Post ab, kann ich Ihnen sagen, mit Vino und heißen Signorinas, und sie hatten schon ein kleineres Bauprojekt am Hafen durchgezogen: Rober sorgte für den Rückenwind von der Gemeinde, so sagt man jedenfalls, Witteck brachte Geld ein, Wöhlkamp sein Bau- und Immobilien-Wissen, und Salvo war von der gastronomischen Seite dabei, ein kleiner Pizza-to-go-Laden im Erdgeschoss, wie das heute heißt."

Althoff trank, ohne mit der Wimper zu zucken, seine Kaffeetasse leer. Er musste ziemlich hartgesotten sein.

„Und dann gab es diese Planung für das neue, doch schon ganz schön große Appartementhaus, „Seegard" sollte es heißen. Der Architekt, ein Mann mit dänischen Wurzeln, hatte den Vorschlag gemacht und auch den Plan erarbeitet, dieses ungewöhnliche Aussehen wie ein dänischer Gutshof, mit gelb getünchten Mauern und grünem Dach. Die Pizzeria von Salvo war im Weg, eine Erweiterung des Bebauungsplans war selbst für Rober nicht möglich; na ja, so brannte sie dann eines Nachts ab, war gut versichert, wir haben die Ursache trotz aller möglicher Experten aus dem Kreis Plön nicht finden können, und so war der Weg dann frei."

„Und Sie wissen, wie es dann zu dieser Krise kam, von der Wöhlkamp gesprochen hat?", fragte Neuer.

„Ja, jetzt wird es richtig spannend. Die fantastischen Vier haben sich den finanziellen Einsatz für den Bau wohl geteilt, wie ich gehört habe, und Frontmann war Salvo, weil ihm der Grund und Boden gehörte. Und dann war Salvo plötzlich weg, abgesetzt nach Sizilien, wie man sich erzählte, mit ihm das ganze eingesetzte Geld der anderen, und der Bau war gerade mal zu zwei Dritteln fertig. Er hatte keine Balkons, und auch beim Innenausbau fehlte das Eine und Andere. Das war in der Tat eine kritische Situation für das Haus „Seegard" und die verbliebenen fantastischen Drei, die sich gar nicht mehr so fantastisch fühlten. Anscheeten, Herr Paster, wie der Laboer sagt. Die Drei haben dann in einem Kraftakt ohnegleichen letzte Finanzmittel mobilisiert, fragen Sie mich nicht woher, und das Ding mehr schlecht als recht fertiggestellt. Sie haben ja gesehen, die Sache mit den Balkons. Aber egal, heute sind alle Appartements verkauft bzw. im Sommer gut vermietet, das Ding wirft Geld ab, und mehr kann man als Investor nicht erwarten."

„Und Salvo?"

„Blieb verschwunden. Ich glaube, die drei haben sogar einen Privatdetektiv nach Italien geschickt, aber der hat nichts erreicht. Nun gibt es ja inzwischen durch Gesichtsoperationen Möglichkeiten, auch seine äußere Identität zu verändern, und vielleicht hatte auch die Mafia ihre Hand im Spiel, aber ich weiß nicht, was ich von der Sache halten soll", führte Althoff seine lange Rede zu Ende.

„Seltsam, dass uns Wöhlkamp nichts von der Angelegenheit erzählt hat", sprach Neuer mehr für sich.

„Genau, das finde ich auch", sagte Brockmann. „Ich werde Schleth und Schneider darum bitten, auch eine italienische Herkunft unserer Betonleiche zu prüfen. Althoff, Sie haben uns sehr geholfen. Gibt es eigentlich noch einen Italiener im Ort?"

„Ja, das „*Ragazzo*" beim Schwimmbad, unten an der Promenade."

„Ok, Neuer, Sie haben jetzt garantiert Appetit auf Pizza, oder? Sie müssen wieder zu Kräften kommen nach all dem Liebeskummer und allen möglichen Betonleichen." Brockmann fühlte sich gut; die Italiener-Geschichte hatte sofort Bewegung in die Ermittlung gebracht.

„Ja, Chef, nichts besser als jetzt `ne Pizza mit Ostseeblick."

„Ihr habt den Kaffee noch nicht ausgetrunken", rief Althoff noch hinter ihnen her, aber sie beeilten sich, ganz schnell zu Brockmanns altem Astra Caravan zu kommen, dem Auto mit dem hässlichsten Lila, das sich Opel je hatte einfallen lassen. Es würde ein wunderbarer Farbtupfer an der Laboer Promenade sein, dachte Brockmann.

6 : *Pizza im "Ragazzo"*

Sie fanden einen Tisch draußen vor dem etwas düsteren Lokal; der Schauer hatte sich inzwischen verzogen und blauer Himmel leuchtete über der Förde und dem Schiffsbetrieb, der nach wie vor einen Eindruck unablässiger Geschäftigkeit vermittelte und vor allem Neuer immer wieder zu längeren Seitenblicken veranlasste.

Brockmann hatte Hunger, klar, aber als die Bedienung kam, ein spilleriges, blassblondes junges Mädchen, fragte er gleich nach dem Chef.

„Wer will den sähen?" fragte sie mit einer überraschend dunklen Stimme und leichtem östlichen Akzent. Viele Lokale und Hotels stellten in der Saison gerne Personal aus Polen oder anderen Ostländern ein, aber in der Pizzeria *Ragazzo* war das zunächst doch ungewöhnlich. Aber sie hatte alles im Griff: „Bestellen Sie doch erstmal, und dann sähen wir weiter."

Die Bestellung war schnell klar, zwei Alster, Pizza mit Grillgemüse für Neuer, Funghi-Salami für Brockmann.

„Gar nicht mal schlecht, die Kleine, was, Herr Brockmann?", kommentierte Neuer.

„Tja." Da hatte sie sich wieder gemeldet, Brockmanns Ungeduld, aber inzwischen fand er es gelegentlich schon fast gut, wenn ihn jemand da runter holte. Altersweisheit, dachte er; ich mache Fortschritte. Aber davon brauchte Neuer nichts zu wissen.

Die Kellnerin kam an den Eingang und winkte Brockmann: „Signore Calzano hat jetzt Zeit für Sie; der Besuch städtischer Beamter freut ihn immer sähr." Man konnte der Kleinen nichts vormachen.

„Halten Sie hier die Stellung, Neuer. Passen Sie auf, dass das U-Boot nicht umstürzt."

Neuer schien nicht traurig zu sein. Brockmann betrat den Gastraum und musste sich erst an das Halbdunkel im Raum gewöhnen. An einem Tisch im hinteren Teil des Raumes saß Calzano, vielleicht Anfang 40, weißes Hemd, offener Kragen, mit nach hinten gegeltem schwarzem Haar und einem offenen, jungenhaft wirkenden Gesicht. Er stand auf, lächelte und gab Brockmann die Hand.

„Was kann ich für Sie tun, Herr …?"

„Brockmann."

„Wollen Sie einen Blick in die Küche werfen, in die Bücher oder in die Arbeitsgenehmigung für Edyta?" Er sprach akzentfrei Deutsch, Angehöriger der 2. Generation, dachte Brockmann.

„Nein, ich komme von der Mordkommission."

Brockmann ließ das einen Moment bei seinem Gegenüber sacken.

„Ich komme wegen Ihres Landsmannes und Kollegen Salvatore Baggio. Haben Sie ihn gekannt?"

Calzano musste sich erst einmal sortieren. „Das kommt jetzt sehr überraschend, Commissario. – Ja, natürlich habe ich ihn gekannt; ich habe bei ihm gekellnert, bis sein Lokal ausbrannte. Er war ein toller Wirt, ich habe ganz viel bei ihm gelernt, aber – ich will jetzt nicht schlecht über ihn reden – er wollte immer mehr Geld und immer mehr Geld machen; na ja, er wollte eben mithalten mit seinen Freunden und dann nach Italien zurückkehren und die ganz große Nummer sein."

„Hatte er eigentlich Familie?"

„Ja, eine wunderbare Frau und eine kleine Tochter, die er abgöttisch geliebt hat. Deshalb habe ich mich ja auch so gewundert, dass er die einfach so zurückgelassen hat, damals, mitten in der Bauphase seines Appartementhauses. Ein völliges Rätsel. Ich habe nie wieder etwas von ihm gehört. Seine Frau ist dann irgendwann in ihre Heimat zurückgekehrt; sie war völlig gebrochen. - Aber jetzt müssen Sie mir erklären, was Sie als Commissario der Mordkommission mit Salvatore Baggio zu tun haben."

„Gleich", sagte Brockmann. „Vorher noch eine Frage von mir, eine sehr heikle Frage, das gebe ich zu. So etwas wie Schutzgeld oder Mafia gibt es hier im Norden Deutschlands natürlich gar nicht. Aber: halten Sie es für möglich, dass Baggio sich in irgendeiner Weise mit der Mafia, die es hier gar nicht gibt, angelegt hat? Dieser Brand der Pizzeria kommt mir so seltsam vor, und Sie müssen wissen: Wir haben heute auf seinem ehemaligen Grundstück eine Leiche gefunden, in Beton gegossen. Da klingelt's doch, oder?"

Der jungenhafte Charme war von Calzanos Gesicht verschwunden.

„Bei mir klingelt da gar nichts, Commissario. Sie müssen mich jetzt entschuldigen, ich muss mich auf den Mittagsansturm vorbereiten, wir haben heute ein Sonderangebot, jede Pizza 5 €, für Sie auch, übrigens. Ciao, Commissario, es war schön, mit Ihnen zu plaudern."

Er fand langsam zu alter Form zurück. Und es wurde noch besser.

„Commissario. Mir ist noch etwas eingefallen; Sie können ja Tote häufig an den Zähnen identifizieren. Ich weiß, welchen Zahnarzt Salvo hatte; er hatte eigentlich sehr gute Zähne, aber er wollte wie ein Filmschauspieler aussehen. Er ging zu Dr. Strawe, in Kiel irgendwo."

„Herr Calzano, ich danke Ihnen. Sie haben mir sehr geholfen."

Brockmann ging nach draußen zurück, in die Helle des schönen Sommertages; sie tat ihm gut. Neuer blickte aufs

Meer hinaus, merkte gar nicht, dass er wiederkam. Hatte er feuchte Augen, als er sich wieder umdrehte? Im Hintergrund jammerte James Blunt „*You're beautiful*"; Brockmann kannte ihn durch seine geschiedene Frau, die den Kerl anhimmelte. Sie meinte, das sei eines der schönsten und traurigsten Liebeslieder der Popgeschichte, das Lied einer aussichtslosen Liebe, *and I'll never be with you.*.

„He, Neuer, was gibt's?" Neuers Blick kam von weither, wirklich, er hatte Tränen in den Augen.

„Das war unser Lied", sagte er mit brüchiger Stimme.

„Das holt mich immer noch wieder ein, tut mir leid."

Gott sei Dank brachte Edyta in diesem Moment mit einem leicht spöttischen Lächeln die Pizzen, zwei Alster und zwei Glas Grappa auf Kosten des Hauses.

„Guten Appätit, meine Härren", sagte sie.

Und Brockmann staunte, wie schnell Neuer seine Pizza verdrückte. Viel Gefühl, aber auch guten Hunger, dachte er.

7 : *Teamsitzung*

Sie kehrten ins Präsidium zurück, der alte Schreibtisch von Alsen stand noch in Brockmanns Zimmer, so dass der neuen Zusammenarbeit auch im Büro keine Grenzen gesetzt waren. Sie ordneten ihre Notizen, Neuer recherchierte noch das Eine oder Andere am Laptop, und dann steckte Missfeldt seinen Kopf ins Zimmer.

„Meine Herren, die Teamsitzung. Ich bin gespannt."

Im Besprechungsraum saßen schon drei Personen: Schleth mit undurchdringlichem Pokergesicht, Adele Fischer und eine junge Frau Anfang 30.

„Meine Herren, nehmen Sie Platz", sagte Missfeldt mit großer Geste, ganz Weltmann, ganz Kriminaloberrat.

„Ich möchte Ihnen unsere neue Polizeipsychologin vorstellen, Frau Dr. Ute von der Aue. Sie wird Sie, sie wird uns in unserer schwierigen Arbeit unterstützen."

Brockmann sah genauer hin. Frau Dr. Ute – ein Wunder, dass sie keinen Doppelnamen hatte – war ohne Zweifel attraktiv, mit einem interessanten, leicht arrogant wirkenden Gesicht, blonden, locker nach hinten hochgesteckten Haaren, einem leichten hellen Jackett über einem ausgeschnittenen Shirt - er wusste jetzt schon, dass Schleth sich demnächst über die „geilen Titten" der neuen Kollegin auslassen würde – und eng sitzenden Jeans. Brockmann fühlte sich plötzlich alt und verschwitzt. Er klopfte wie die anderen zur Begrüßung auf den Tisch.

„Vielen Dank, meine Herren."

Sie sprach mit klarer, etwas kühler Stimme und suchte immer wieder den Blickkontakt zu jedem einzelnen.

„Ich möchte die Arbeit meiner geschätzten Kollegin Frau Clement nahtlos fortsetzen, mit der Unterstützung bei psychologisch heiklen Gesprächen und Verhören, mit Überlegungen zu möglichen Täterprofilen und – auch das war ja ein wichtiger Teil der Arbeit von Theresa Jung – mit Supervision für Sie, meine Herren. Ich durfte – im Zusammenhang meiner Teilzeit-Zuordnung zum Personalreferat – Einblick in Ihre Personalakten nehmen, und – ganz klar gesagt: Ich sehe bei Ihnen allen erheblichen Supervisions- und Beratungsbedarf; das ist ja kein Geheimnis, auch nicht für Ihren Chef, Herrn Kriminaloberrat Missfeldt. Ich nenne nur die Stichworte *Teamfähigkeit, Selbstkontrolle in Konfliktsituationen, Neigung zu chauvinistischem Verhalten, seelische und gesundheitliche Instabilität* – meine Herren, Sie wissen, welchen dieser Schuhe Sie sich anziehen können. Wenn ich boshaft wäre, könnte ich fast sagen, Herr Missfeldt, dass hier typische Probleme des modernen Mannes beispielhaft versammelt sind. Männer haben es einfach schwer heutzutage. Ich kann Ihnen nur anbieten, Sie in diesen Bereichen, die natürlich eine persönliche, aber, wie Sie zugeben werden, auch jeweils eine dienstliche Seite haben, zu unterstützen."

Knallhart bist du, schöne fremde Frau, dachte Brockmann. Die beiden angesprochenen Kollegen schauten vor sich auf ihre Unterlagen und strengten sich offensichtlich sehr an, unbeteiligt auszusehen. Das glaubt mir kein Mensch, dachte Brockmann; so etwas gibt es nicht mal in den überzogensten Fernseh-Tatorten. Tja, wir gebrochenen Männer, ein Wunder, dass wir überhaupt noch etwas auf die Reihe kriegen. Er hatte Sehnsucht nach Theresa Clement, die ihre Halbwahrheiten mehr durch Blicke als durch verbale Unbarmherzigkeiten mitgeteilt hatte. Er war sicher, dass er mit dieser Frau kein persönliches Wort wechseln würde.

„Meine Herren, das ist ein Angebot. Bitte nehmen Sie es in Anspruch! Aber lassen Sie mich hinzufügen, dass ich – von den Problemen abgesehen, die Frau von der Aue ansprach, - mit Ihren Aufklärungserfolgen durchaus zufrieden bin."

Missfeldt, der geniale Moderator. „Und damit wären wir bei unserem aktuellen Fall. Herr Brockmann, bitte!"

„Ja, danke. Kurz gesagt: eine Leiche bei einem Appartementhaus in Laboe, in Beton gegossen, also höchstwahrscheinlich ein Tötungsdelikt. Viel spricht dafür, dass die Tat während der Bauphase im Jahr 2000 geschehen sein muss."

„Irgendwelche Hinweise ?"

„Ja, bis jetzt gibt es zwei vage Hinweise. Einer der Bauherren und Eigentümer des Komplexes, ein Herbert Wöhlkamp, vermutet einen Unfall mit einem Schwarzarbeiter bei der damals mit dem Bau beauftragten dänischen Firma, Aerö-Bau A.S. Den Firmennamen hat er uns eben durchgefaxt. Hier zu recherchieren und einen Kontakt herzustellen, wäre Ihre Aufgabe, Frau Fischer. Ein anderer Hinweis kommt von unserem Laboer Kollegen Althoff. Er hat uns darauf aufmerksam gemacht, dass der damalige Grundstücks-besitzer, ein Italiener namens Salvatore Baggio, während der Bauphase spurlos verschwunden ist und die Mitbauherren wohl in erhebliche finanzielle Schwierigkeiten gebracht hat. Das Ganze ist deshalb rätselhaft, weil er Frau und Tochter, in die er vernarrt gewesen sein soll, einfach zurückließ."

Neuer ergänzte: „Auffällig ist noch, dass uns Wöhlkamp diesen Sachverhalt verschwiegen hat."

Er schien etwas aufgeregt zu sein, in einer so verdammt großen Runde zu sprechen, aber na ja, er bekam es hin.

„Was sind Ihre Vorschläge für die weiteren Ermittlungen?" Missfeldt, ganz Macher, drückte aufs Tempo.

„Ganz klar ist", sagte Brockmann, „dass wir Wöhlkamp und seine Mitbauherren, Eduard „Ede" Rober, einen ehemaligen Gemeindevertreter von Laboe, und den frühpensionierten Lehrer Franz Witteck, näher befragen müssen. Herr Neuer wird alle verfügbaren Informationen über sie einholen, so dass wir morgen gut vorbereitet in die Gespräche gehen werden, nicht wahr, Herr Neuer?"

„Genau das habe ich vor, Herr Brockmann."

„Schleth wird bei der Obduktion mit Professor Schneider auch der italienischen Spur nachgehen. Wir haben den Zahnarzt des verschwundenen Salvatore Baggio ermittelt, so dass wir unter Umständen – das sagt mir mein Gefühl – sehr schnell die Identität des Toten werden feststellen können. Das ist auch eine Sache, bei der Frau Fischer am Ball ist. Außerdem werden wir die dänische Baufirma befragen." Brockmann sah den Blick der Psychologin intensiv auf sich gerichtet und schob die Frage nach: „Besteht soweit Einvernehmen?"

Die Runde nickte, Missfeldt zeigte sich zufrieden, ebenso die Psychologin, und Brockmann war froh, dass er dem ganzen Theater ein kooperatives Mäntelchen umgehängt hatte und so erst einmal unbehelligt weiterermitteln konnte. Er hörte, wie beim Hinausgehen Schleth den Neuen fragte, ob er Lust habe, abends nach der Erledigung ihrer Arbeitsaufträge noch einen kleinen Streifzug über die Kieler Woche zu machen. Neuer nickte. Vielleicht tat ihm das besser als eine Beratungsstunde bei der schneidigen Psychologin.

8: Home, sweet home

Als Brockmann zu Hause im Niemannsweg ankam, war hier, in dieser eigentlich sehr ruhigen Gegend, ungewohnter Betrieb, alles war zugeparkt, junge Leute gingen hin und her.

Er hatte nach seiner Scheidung eine Wohnung in einer Villa hier am Niemannsweg gefunden, in einer schon sehr gesuchten Wohngegend, ruhig, naturnah mit dem Düsternbrooker Gehölz und nicht weit von der Förde – und dennoch nicht weit vom Zentrum entfernt. Es war ein Glücksfall gewesen, dass die alte Eigentümerin der Villa, Frau Gerda Kassbohm, 85jährige Witwe eines Marineoffiziers, gerade zu dem Zeitpunkt einen neuen Mieter suchte, als bei ihm zu Hause nichts mehr ging; und die anderen Bewerber hatten gegen ihn, den respektablen Beamten, keine Chance gehabt.

Die Wohnung mit ihren hohen Stuckdecken hatte Charme, sie war sogar möbliert – nicht ganz nach seinem Geschmack, aber Äußeres war ihm nie so wichtig gewesen. Und hier hatte er seine Ruhe, mehr Abstand zu anderen Menschen, als ihm in seinem Reihenhaus in Suchsdorf je vergönnt gewesen war. Das hatte er jedenfalls gedacht, aber im Laufe der Zeit hatte sich herausgestellt, dass seine Wirtin Frau Kassbohm doch ein ziemlich starkes Redebedürfnis hatte, das durch ihre Vergesslichkeit verschärft wurde, die – zusammen mit ihrer völligen Unfähigkeit, in ihrem Haushalt ein Mindestmaß an Ordnung aufrechtzuerhalten – schon an Demenz grenzte. So kam es, dass er regelmäßig versuchte, still und leise an ihrer Wohnung vorbeizugelangen; aber heute war an so etwas überhaupt nichts zu denken.

Auf der Treppe nach oben saßen oder standen junge
Leute, vor allem Studenten vermutlich, und schienen
darauf zu warten, in die Wohnung über der Brockmanns
gelassen zu werden, einige mit Mappen in der Hand, als
wenn sie oben erst einmal ein Referat halten wollten,
einige in lebhafte Gespräche verwickelt, andere still und
ganz weit fort, anscheinend in die Musik versunken, die
aus absurd kleinen flachen Kästchen in ihre Ohrhörer
strömte. Die Wohnung über ihm wurde von mehreren
jungen Leuten bewohnt. Wenn es sich nicht vermeiden
ließ, wechselte er schon mal ein Wort mit ihnen; der
Hauptmieter Lennard Petersen, der sich neben seinem
Studium bei den Kieler Jusos engagierte, studierte
Landwirtschaft und hatte im Gespräch jede Menge Witz
und Humor beizusteuern, überspannte dabei allerdings
manchmal den Bogen, fand Brockmann. Der ruhige
Hannes studierte Meteorologie, und die hübsche Lena
hatte er einige Zeit nicht mehr gesehen. Die WG suchte
wohl einen neuen Mitbewohner, was bei der
Wohnungsknappheit in Kiel sogar im ruhigen
Niemannsweg zu Problemen führte – ebenso wie im
Hausflur.

„Guten Abend. Darf ich bitte einmal vorbei?"
Brockmann merkte selbst, dass das gereizter klang, als es
eigentlich gemeint war. Er hatte es wieder nicht
geschafft, warme Freundlichkeit in seine Stimme zu
legen. Ihm ging es wie Udo Lindenberg, dachte er, der
meinte, er sei eigentlich ganz anders, komme nur so
selten dazu.

„Du kannst dich gerne hinten anstellen, auch wenn du ein
paar Jahre älter bist, Mann", klang es aus der Reihe, gar
nicht einmal aggressiv, einfach nur sachlich eine
unumstößliche Wahrheit verkündend. Brockmann fasste
den Sprecher ins Auge; klein, dunkelhaarig, Lederjacke,

mit lustigen Augen. „Bei dieser Casting-Aktion für einen WG-Platz geht es einfach der Reihe nach. Aber wenn du mich fragst, hast du nur Außenseiterchancen."

„Komm, mach Platz, ich glaube, der hat mit unserer Aktion nichts zu tun", sagte der junge Mann über dem Spaßvogel mit einem auffälligen roten Lockenkopf. Es sah so aus, als wenn er lächeln wollte, aber etwas aus der Übung war.

Brockmann nickte. „Sie haben Recht. Meine Wohnung ist gleich da oben, ein Stockwerk unter der WG. Ich wünsche Ihnen viel Glück bei der Vorstellungsrunde."

Schön, wenn man irgendwann in die eigene Wohnung vordringen konnte. Dieser Menschenauflauf auf der Treppe war die absolute Ausnahme; ansonsten war Brockmann mit seiner Wohnung und ihrer Ruhe zufrieden. Er konnte fernsehen, lesen, seinen geliebten Jazz hören, seine geliebten Streichquartette von Haydn und – wenn er wollte und Zeit hatte oder seine Tochter ihn besuchte – etwas Schönes kochen. Niemand nervte ihn, erwartete etwas, z.B. dass er lustig und unterhaltsam war, dass er sich mehr öffnete – eine Standardforderung seiner Frau in ihren letzten gemeinsamen Jahren. Er hatte doch eigentlich ein schönes Leben, so als Single. Deshalb war es ihm ein Rätsel, warum ihn die Sache mit dem Lebensstrich und seinem bevorstehenden 50. Geburtstag doch so in Unruhe versetzte. Aber Neuer würde jetzt vielleicht aus seinem reichen Zitatenschatz schöpfen und sagen: *Ein Jegliches hat seine Zeit*; jetzt war nicht mehr Grübeln angesagt, sondern Essen. Heute war das Jegliche ein Brot mit mehreren Schinkenscheiben aus dem Kühlschrank mit einer Flasche Bier. Als Beitrag zur Gesundheit aß er eine Tomate dazu.

Seine privaten E-Mails konnten ihm heute gestohlen bleiben; irgendetwas Dramatisches erwartete er nicht von seinen sozialen Netzwerken, wie man heute so schön sagt. Gleich wollte er noch ein paar Seiten des neuesten Krimis seines Lieblingsautors Andrea Camilleri lesen. Der erzählte ohne großen Gefühls- und Psychoschmus gradlinig, nur aus der Perspektive des groben, schlauen und eigensinnigen Commissario Montalbano seine sizilianischen Geschichten, in denen nur zu oft die Mafia eine Rolle spielte. Montalbano war in mancher Hinsicht ein Rebell geblieben, anders als der andere angebliche Kultkommissar aus Italien, der Venezianer Brunetti, der ein langweiliger Familienvater war und viel zu angepasst und geschmeidig und - ohne Kontroversen zu wagen - seine literarischen Ermittlungswege ging, fand Brockmann.

Das Telefon unterbrach sein Abendbrot.

„Was gibt's?"

„Commissario Brockmann ? Mein Chef Signore Lippi bittet Sie zu einem kurzen Treffen, einem Arbeitsgespräch sozusagen." Moment, er war doch noch gar nicht in seinem Krimi. Die Stimme hatte tatsächlich einen italienischen Akzent, war angenehm, ein wenig kühl vielleicht, aber mit etwas Freundlichkeit im Abgang.

„Wer ist Signore Lippi?"

„Nun, sagen wir so, ihm liegt die italienische Gemeinde in Kiel am Herzen. Er möchte Sie bei Ihren Ermittlungen unterstützen."

„Tja."

„Kommen Sie um 10 zum Parkplatz vor dem Bülker Leuchtturm. Don Lippi kennt Ihr schönes Auto."

Der namenlose Anrufer legte auf, ohne noch irgendwelche Reaktionen Brockmanns abzuwarten. Waren seine Ermittlungen schon zur Mafia durchgedrungen? Der Name Lippi sagte ihm nichts, abgesehen von einer vagen Ahnung, dass er im

Zusammenhang mit dem italienischen Fußball stehen mochte, aber das musste nichts bedeuten; er hatte nur wenige belastbare Informationen über die organisierte Kriminalität im Raum Kiel. Brockmann schob sein Bier zur Seite und brach auf; keine jungen Leute mehr auf der Treppe. Lennard Petersen kam gerade herunter, mit dem jungen Mann, der Brockmann den Durchgang verschafft hatte.

„Alles klar, Herr Kommissar?" Lennard schien bester Laune zu sein; es wirkte so, als sprühe seine große Brille Lichtreflexe wie ein Feuerwerk. Er wartete Brockmanns Antwort gar nicht ab und sprach zu seinem Begleiter: „Ja, Lieven, wir haben einen leibhaftigen Kommissar der Mordkommission hier im Haus; das musst du bedenken bei deinen krummen Dingern. Darf ich bekannt machen: Lieven Berghofer, mein Freund aus Jugendtagen, neuer Mitbewohner unserer WG, Gewinner des Großcastings heute Abend, Karl Brockmann, Hauptkommissar, undurchsichtig, aber sonst nicht so übel."

„Herzlichen Glückwunsch! Ich glaube, jeder von Ihnen hat heute gewonnen; nicht schlecht. Darf ich noch mal was fragen? Einige Ihrer Zimmerinteressenten hatten so seltsame Mappen dabei. Was hat das damit auf sich?"

„Ganz einfach; das sind Bewerbungsmappen mit kurzer persönlicher Selbstdarstellung, manchmal auch Einkommensbescheinigung und vor allem auch Lichtbild, damit man den Bewerber zuordnen kann. Etwas aufwändig, aber ziemlich praktisch; nur – in diesem Fall hatte Lieven einfach bessere Karten."

„Ich bin beeindruckt. Na gut; Sie entschuldigen mich jetzt, ich habe noch einen Termin."

Brockmann sah zu, dass er vom Acker kam, von oben hörte er noch Petersens Stimme: „Ja, ja, das Verbrechen schläft nicht, und das Böse ist immer und über-all."

9: *Kieler Woche*

Neuer wartete am Treffpunkt, den ihm Schleth vorgeschlagen hatte, der Rolltreppe zum Sophienhof. Ihm rauchte noch der Kopf vom ersten Tag mit Brockmann, der mit seiner bestimmenden, wenig verbindlichen Art alles andere als menschliche Partnerwärme verbreitet hatte. Gut, noch einmal andere Eindrücke ins Herz zu lassen. Heute war Mittsommernacht.

Es war halb acht, die Kieler-Woche-Besucher fluteten an ihm vorbei, und er hatte wie immer vor allem die Frauen im Blick. Er fühlte die Stimmung der Erwartung, die sich so auffällig von dem unterschied, was er vom Elmshorner Jahrmarkt kannte, der Mischung aus Gleichgültigkeit, Depression und Langeweile, in der die Gesichter der Besucher dort eingetrocknet waren, die Stimmung der Erwartung hier, die man fast greifen konnte, vor allem bei den jungen Mädchen, die paarweise, zu dritt oder viert vorüber flanierten, oft in der angesagten Mode des Sommers 2010, dem Hemdkleidchen über Jeans, das irgendwie der Schwangerschaftsmode nachempfunden war, aber die Chance bot, den Busen ins rechte Licht zu rücken, oder dem langen, eng anliegenden Sweatshirt über Strumpfhosen oder Leggins, das die Stärken oder Problemzonen der Figur deutlich erkennen ließ, aber auch von Mädchen mit deutlichem Übergewicht bedenkenlos getragen wurde. Da war ein neues Selbstvertrauen spürbar, jenseits allen Schlankheitswahns, das Neuer als erfrischenden Fortschritt empfand. Er sah die Frauen seines Alters, oft in Gruppen, mit ihren Männern und bekannten Pärchen, manchmal schon ziemlich laut, weil auf dem Weg aus dem Umland schon kräftig vorgeglüht worden war, und manchmal auch alte Ehepaare, eingehakt, langsam eng beieinander gehend, so als ob sie gegenseitig Schutz suchten in dieser lauten, jungen, schnellen Welt, sich ihr aber doch noch zugehörig fühlten.

„Na, Neuer, welchem Rock guckst du gerade wieder hinterher?" Schleth hatte sich von hinten angepirscht und schlug ihm kräftig auf die Schulter. So gut wie jedem Rock oder genauer jeder Leggins, hätte Neuer eigentlich antworten müssen.

„Ganz schön was los hier, und dabei ist der Abend noch so jung." Neuer hatte keine Lust, über seine Betrachtungen zu reden.

„3 Millionen Besucher auf der Kieler Woche, 1500 Veranstaltungen, und wir mittendrin, Neuer. Übrigens: ich heiß Willi, und du bist Theo. Nochmal herzlich willkommen auf dem größten Volksfest des Nordens!" Man merkte Schleth seinen Lokalstolz an.

„Wohin gehen wir?"

„Als erstes gehen wir zum Klosterbierstand. Ein dunkles starkes Mönchsbier lässt dich den Frieden des Herrn ahnen, junger Freund." Schleths derbes Landgesicht bekam einen fast andächtigen Ausdruck.

Am Klosterbier-Stand war schon gut was los; an allen Seiten des runden Standes drängten sich durstige Seelen und riefen ungeduldig ihre Bestellungen in die Gegend, während die jungen Frauen am Ausschank nach völlig undurchschaubaren Regeln ihre Gläser verteilten. Als es Neuer gelang, nach vorn zum Bestelltresen vorzudringen und seine zwei Dunklen zu bestellen, wurde er leicht zur Seite geschoben und eine kräftige Frau in den Dreißigern griff sich die Biere, die für ihn gezapft worden waren.

„Hier müssen Sie etwas schneller und lebenstüchtiger sein!"

Er blickte in ein rundes, fröhliches Gesicht und konnte sich seltsamerweise gar nicht ärgern über diese Unverschämtheit.

„Ich werd' mein Bestes tun; lassen Sie es sich schmecken", gab er zurück, kam dann doch irgendwann an die Reihe und sah sich nach Schleth um. Der war in ein Gespräch vertieft – mit der frechen Frau und ihrer Begleiterin, die auch sehr guter Laune zu sein schien, aber mit ihrer schlanken Figur und ihren langen Haaren ein ganz anderer Typ war.

„Ach, Neuer, ich erzähl gerade den Witz von den Schwulen, die ein Kind adoptiert haben. Als der eine mit dem Kind badet, sagt der Lütte: ‚Vati, du hast einen ganz schön großen Penis.' Da sagt der: ‚Du, mein Sohn, das ist gar nichts, da musst du erstmal den von Mutti sehen!'"

Schleth lachte dröhnend; er amüsierte sich königlich, und die jungen Frauen hörten zu und lachten, ohne mit der Wimper zu zucken. Neuer war froh, dass er mit den Bieren beschäftigt war, und stellte sie auch an dem Stehtisch ab.

„Keine Zeit, zu zögern und zu zagen", sagte Schleth, „prost!"

Das Bier war sanft, schwer und malzig, und Neuer hatte das Gefühl, dass ihm schon die ersten Schlucke gut taten.

Die Ruhe des Herrn, hatte Schleth gesagt.

„Sie müssen nicht denken, dass ich immer so bin", sagte die Frau. Neuer schaute sie genauer an. Sie war nicht sehr groß, alles an ihr wirkte weich und rund, aber auch kräftig, genauso wie ihr Gesicht nicht nur Fröhlichkeit vermittelte. Neuer ahnte dahinter auch die Fähigkeit zu Wille und Entschlossenheit, nicht nur am Biertresen.

„Da müssen Sie gar nicht so gucken!"

Er hatte wohl etwas zu lange in ihr Gesicht gestarrt.

„Wissen Sie, meine Freundin und ich waren gerade auf Klassenfahrt, sogar über das Wochenende, und da darf man, was Essen und Trinken angeht, nicht lange rumeiern. Das hatte ich noch so drin. Sie hätten Ihr Gesicht sehen sollen!"

Sie lachte wieder und trank in einem Zug ihr Glas leer.

„Nichts für ungut. Wir müssen weiter. Vielleicht sieht man sich ja noch mal."

Schleth sah den beiden Frauen hinterher.

„Solche Lehrerinnen hätte ich auch gern gehabt. Da kannst du mal sehen; so geht das auf der Kieler Woche ab."

Neuer merkte, dass er immer noch lächelte. Das ging ja gut los. „Weißt du, ich will heute keine tief schürfenden dienstlichen oder privaten Gespräche führen", setzte Schleth fort. „Ich bin zwar nicht der große Kollegenversteher, aber ich finde, nach so einem krampfigen ersten Tag mit Brockmann tut ein wenig Abwechslung einfach gut, dir wie mir. Weißt du, er ist schroff, er ist unfreundlich, er ist arrogant, aber du kannst bei ihm `ne Menge lernen, und du kannst dich auf ihn verlassen."

„Da magst du Recht haben. Aber wenn er mich so leicht spöttisch von der Seite anguckt, komm' ich mir wie ein ganz kleines Licht vor."

„Ach, vergiss es. Du wirst ihn überzeugen, das ist nur eine Frage der Zeit. Jetzt machen wir uns einen schönen Abend."

Und in der Tat merkte Neuer, dass sie auch ohne große persönliche Geständnisse und Gefühlsmitteilungen trotz ihrer großen Verschiedenheit zumindest an diesem Abend auf derselben Wellenlänge funkten; es gibt Tage, Abende, da ist alles ganz einfach, dachte er.

Es wurde nur einmal kritisch für ihn, als sie an einer Bühne vorbeikamen, auf der eine Coverband gerade

„Verdamp lang her" der Kölschen Band BAP brachte, auch so ein Lied, das ihn schwer rührte, das in ihm immer wieder ein unbestimmtes Gefühl von Trauer über versäumtes Leben und ungeweinte Tränen weckte, obwohl er den Text nur in Bruchstücken verstand, und als dann noch das ganze Publikum um ihn herum die Arme reckte und hüpfend und tanzend den Refrain mitsang, war alles zu spät. Merkte Schleth, der Bauernklotz, irgendwie, was los war?

Er lachte und zeigte auf den Sänger und textete Neuer gnadenlos ins Ohr: „Theo, der Sänger da ist Alfred, er ist von Beruf Finanzbeamter, witzig, dass uns heute immer wieder Beamte über den Weg laufen, aber das hier ist seit den 60er Jahren seine eigentliche Bestimmung; du merkst vielleicht, er ist nicht schlecht, aber mit seinen 63 ist er schon etwas vergesslich. Deshalb hat er unten vor seinen Füßen ein Textheft mit großer Schrift liegen, und seine Brille ist speziell auf diese Entfernung von 1,80 geschliffen. Kannst sehen, er starrt gerade wieder ganz unauffällig nach unten."

OK, kein Kloß mehr im Hals, er bekam ein Lächeln zustande und konnte sich von dem Lied und Alfred losreißen.

Einige Biere, argentinische Steaks, Schwenkgrill-Nackenschnitzel für Schleth, Rentierblut und unanständige Witze später landeten sie am Ende des internationalen Marktes, beim Stand der Iren. „Das ist mein Geheimtipp", sagte Schleth. Es schien ein Geheimtipp für halb Kiel zu sein; Neuer merkte bald, warum.

Zum Stand gehörte neben der obligatorischen Zapfanlage des Altöl ähnlichen und nicht gerade billigen Getränks, von dem die Iren beschwörend behaupten müssen, es sei „good for you", damit es jemand trinkt, auch eine

„Bühne", d.h. eine freie Fläche von ca. 1 Quadratmeter, eingekeilt von 3 Tischen, ein paar Stühlen und einem Verstärker; auf dieser Bühne stand ein Sänger mit kugelrunden Kopf und einem Pokergesicht, aus dem die Augen immer wieder witzig-ironische Signale gaben, auch wenn seine Lieder durchaus auch den sehnsuchtsvollen Charakter haben konnten, der für einen Teil der irischen Folklore typisch ist. Er war ein Clown, und er nahm seine Lieder ernst, er erklärte, scherzte und brachte die bunt gemischte Gruppe von Menschen dazu, alles andere zu vergessen. Wieder alle dabei, dachte Neuer, junge Mädchen, die sich noch etwas zaghaft zu den Liedern wiegten und hin und wieder einen verliebten Blick zum viel älteren Sänger warfen, die älteren Frauen, die wirklich mittanzten, die Männer, die mit ihrem Guiness in der Hand mitsangen und dabei auch diese etwas harte Stimme haben wollten, wie sie zu „Dirty Old Town" gehört.

Sogar eine Gruppe von Behinderten war da, die die Sitzgruppen direkt beim Sänger ergattert hatten; offensichtlich langjährige Stammfans, die der Sänger mit Namen kannte und die besonders bei den schnelleren, fröhlichen Stücken mitgingen. Neuer und Schleth schoben sich an einen Stehtisch, der schon von mindestens 6 Leuten umstanden war, und Neuer holte Guiness, diesmal ohne Probleme, weil die Besucher wohl mehr an Musik als an dem seltsamen Bier interessiert waren. Als er zurückkam, sah er die beiden Lehrerinnen, die sich zu Schleth gesellt hatten und ihm, als sie ihn erblickten, fröhlich zuwinkten. Er merkte, dass er sich auch freute, lächelte zurück - und stolperte über einen Sperrpoller, der sich zwischen den eng gedrängten Menschen verborgen hatte. Die Biere ergossen sich zu einem großen Teil über die Zuschauer, die aber – wohl weil es einer der schönsten Abende des Jahres war und irische Lieder die Herzen so weit machen – eher humorvoll reagierten, und Neuer kam mit eher spärlichen Guiness-Resten in den Gläsern bei seinem Kollegen und den Lehrerinnen an, während sich der irische Sänger auch zu einer Bier-Pause abmeldete.

„Du hast heute Probleme mit deinem Bier, oder? Großer Auftritt!", kommentierte die Kleinere, die von ihrer Kollegin Lisa genannt wurde.

„Ich war nur so verzaubert von Ihrem magischen Anblick. Da spielt die Bierfrage einfach überhaupt keine Rolle mehr."

„Das kann ich verstehen. Ich habe mich gleich an die Klassenfahrt erinnert gefühlt, wo manche Knirpse auch erst lernen müssen, dass man Teller und Tassen waagerecht halten muss, damit man auch mit Füllung am Tisch ankommt. Jetzt fehlt nur noch, dass du erstmal still und ohne Bescheid zu sagen vor dich hin kotzt, wie es mindestens ein Kind auf jeder Busfahrt hinbekommt, bevorzugt in die Ritze zwischen zwei Sitzen."

„Das hört sich so an, als wenn ich Sie mal begleiten müsste!" Neuer bekam die Kurve zum „Du" oft nicht so schnell wie andere. „Da ist ja wohl richtig was los, bei den Grundschul-Klassenfahrten."

„Sagen Sie, sind Sie eigentlich Baggerfahrer?", sagte die andere dazwischen. „So wie Sie hier rumbaggern…"

„So ist er nun mal, der Kollege", meinte Schleth, der sich auch mal wieder in Erinnerung bringen musste, „er bricht die Herzen der Frauen auf jeder Dienststelle."

„O wie spannend! Das hört sich nach öffentlichem Dienst an", sagte Lisa lachend. „Wahrscheinlich Wasser- und Schifffahrtsdirektion oder so. Ach was, den Quatsch sage ich eigentlich nur, weil wir gleich zu unserem Dampfer müssen, zurück nach Laboe. Übrigens, damit das steife

Siezen endlich ein Ende hat, bevor wir beide gehen müssen, ich heiße Lisa, und das ist Inga. Unsere Eltern haben zu viel Astrid Lindgren gelesen und geguckt, „Bullerbü" und so, das hat man dann davon."
„Da können wir mit unseren Altersheim-Namen voll dagegenhalten", sagte Schleth. „Das ist Theo, und ich bin Willi. Jetzt wisst ihr's."
Lisa und Inga lachten schallend.
„Ihr seid ja wirklich ein Traumpaar mit diesen Namen. So wie der Matula-Schauspieler. Würdet ihr uns auch raushauen so wie der? Schade, dass wir euch allein lassen müssen. Schaut doch morgen mal in Laboe vorbei. Appartementhaus *Seegard*, Wohnung 10. Da war heute Nachmittag zwar so eine seltsame Polizei-Absperrung, wir haben noch nicht gehört, was da los war, aber ihr kommt bestimmt durch. Würde mich freuen, so zum späten Kaffee, halb sechs, Willi und Theo. Echte Kerle, da muss man doch zuschlagen, oder, Inga?"
Schleth wollte nicht, murmelte etwas, das sich wie ‚alter Knacker' anhörte.
„Aber du kommst doch, Theo, oder?"
Neuer konnte nur stumm nicken.
„Ihr müsst nicht denken, dass ich von jedem Ausflug unbekannte Kerle mit nach Hause schleppe, aber es gibt Abende, da ist alles ganz leicht. Und wir haben morgen noch frei."
Die beiden Frauen winkten noch einmal zum Abschied. Der irische Sänger stimmte wie bestellt „*Fare thee well*" an.
Ein Abend wie gemalt, dachte Neuer. Mittsommernachtstraum.
„Mann", sagte Schleth.

„Das kann doch kein Zufall sein", sagte Neuer. „Was will das Schicksal uns damit sagen? - Ich hol noch zwei Guiness." Es gibt Abende, da ist alles ganz leicht.

10 : Leuchttürme

Brockmann rollte in der Dämmerung des Mittsommernachtsabends ohne Eile aus der Ortschaft Strande heraus, in der wegen der Kieler Woche noch mehr Leute auf der Straße waren als sonst. Die schmale Straße zum Leuchtturm Bülk gehörte – wie selbst Brockmann fand, der Straßen sonst vor allem von ihrer Verkehrseignung her beurteilte - zusammen mit dem zugehörigen Küstenspazierweg zum Schönsten, was Kiels Umland zu bieten hatte: linker Hand flache Wiesen, auf denen sich immer mal wieder Gruppen von Wasservögeln sammelten, rechts ein Streifen von windzerzausten Bäumen vor dem schmalen Strand; hier öffnete sich die Förde zur Ostsee mit ihrer anscheinend grenzenlosen Weite. Bevor Brockmann zum Treffpunkt fuhr, hielt er am Ortsende noch einmal an und stieg aus. Hier waren keine Leute mehr. Brockmann hörte die Musik, die von der Kieler-Woche-Meile in Schilksee herüberwehte, die kleinen Wellen, die leise an den Strand liefen, gelegentlich einen Wasservogel, einen Austernfischer oder Brachvogel. Draußen zog ein Containerfrachter seine Bahn, er war nur ganz leise zu hören. Er war kein romantischer Mensch, spürte aber doch, dass das hier mehr war als nur ein leerer Strand; Ruhe, ja, seinetwegen, Frieden, o.k., vielleicht, aber Zauber? Neuer hätte das sicher so empfunden. Begann er, die Welt mit dessen Augen zu sehen? Es wurde frisch, er fröstelte, stieg wieder ein und fuhr weiter. Als Brockmann einen Parkplatz auf der Strandseite passierte, stellte sich ein Mann auf die Fahrbahn, winkte ihn hinein und ließ ihn neben einer großen schwarzen Limousine parken.

Brockmann blieb sitzen und wartete. Sein Einweiser trat an seine Fahrertür heran: „Steigen Sie bitte in Don Lippis Auto, Signore Brockmann, und lassen Sie Ihre Waffe hier." Brockmann hatte kein Problem damit. Er stieg in den Lancia, dessen Seitenscheiben geöffnet waren, und bemerkte den zarten Duft nach Leder, Holz und Parfüm, der sich mit dem süßen Duft des Frühsommers und dem herben der Ostsee mischte.

„Guten Abend, Signore Brockmann", sagte der Mann, der wohl Lippi war, in fast akzentfreiem Deutsch, ein dunkelhaariger Mann in Brockmanns Alter, soweit er das in der Dämmerung erkennen konnte. Lippi schwieg zunächst, zündete sich eine Zigarette an und nahm mehrere tiefe Züge. Die Zigarette beleuchtete sein fein geschnittenes, intelligent und sensibel wirkendes Gesicht; er hätte auch Schauspieler sein können. Seine Stimme klang aber überraschend rau.

„Ich möchte Ihnen hier etwas zeigen, Signore Brockmann. Sehen Sie den Leuchtturm da vorne in Bülk und den da hinten in der Förde? Die roten und grünen Leuchttonnen, die das Fahrwasser markieren? Die zeigen etwas ganz Wichtiges: Wir Menschen brauchen Ordnung, Orientierung, Sicherheit, und gerade auf dem Wasser wird ganz viel Aufwand betrieben, um diese Ordnung herzustellen; ein Segler, der jetzt verspätet von der Ostsee hereinkommt, muss sich keine Sorgen machen, auch wenn alle seine Navigationsgeräte ausgefallen sind: Er wird heimgeleitet, er kann darauf vertrauen."

„Das ist eine schöne Geschichte, Herr Lippi. Was soll sie mir sagen?"

„Sehen Sie, ich möchte, dass Sie mich mit anderen Augen sehen. Ich stehe mit meiner Organisation – wie Sie übrigens mit Ihrer – für die Ordnung, die Orientierung, die Sicherheit, die die Menschen brauchen, ganz besonders die, die fern ihrer Wurzeln sind, die Italiener, die es hier in den kalten Norden verschlagen hat."

„Interessant."

„Ja, Sie sind ein skeptischer Mensch, das weiß ich wohl. Aber ich bin sicher, Sie werden heute Abend über meine Worte nachdenken. Ich bin heute angesprochen worden wegen des armen Salvo, Salvatore Baggio, der ein so viel versprechendes Projekt in Laboe aufziehen wollte."

„Was wissen Sie?"

„Ich kann nur so viel sagen: In Italien hält sich Salvo nicht auf; dort hätten wir ihn gefunden. Ich bin sicher, dass er sich hier befindet, wahrscheinlich tot. Ich habe das Gefühl, Sie haben eine Spur, und ich möchte Sie bitten, alles zu tun, seinen Tod aufzuklären. Sie haben meine Unterstützung."

„Es ist so ein schöner Abend, Herr Lippi. Haben Sie auch für mich eine Zigarette?"

Brockmann war Gelegenheitsraucher. Jetzt war so eine Gelegenheit, und so rauchten sie gemeinsam, der Mafia-Boss und der Kripo-Mann, und schauten auf die Förde.

„Wissen Sie, Herr Lippi, Ihre Geschichte eben, die passt in das Märchen von Rotkäppchen und dem Wolf, oder ins Fernseh-Traumschiff, eine Geschichte, wie Mächtige sie erfinden, um ihre Macht und ihre Verbrechen zu rechtfertigen."

Brockmann merkte, wie er wütend wurde.

„Wir stehen auf verschiedenen Seiten, Lippi. Natürlich geben Sie eine Ordnung, aber es ist Ihre Ordnung, Ihre Sicherheit, die Sie nach Ihrem Gutdünken gewähren oder nicht und die vor allem Ihnen dient und Ihrer Macht und Ihrem Geld und die sich Ihre armen Teufel nicht ausdenken können. Ich bin wahrlich kein Politiker, Lippi, aber ich glaube, dass Menschen neben der Sicherheit vor allem eines brauchen: das Gefühl der Freiheit und Selbstbestimmung, und wenn ich dazu nur einen kleinen Beitrag leisten kann, dann sage ich: Mein Job hat sich gelohnt. Ich werde Ihnen jetzt keine Predigt halten über die Taten und ständigen Verbrechen Ihrer Organisation, das wissen Sie alles selbst, wenn Sie irgendwann mal ehrlich zu sich selbst sind und sich nicht in die Tasche lügen mit Leuchttürmen und Seezeichen. Aber ich warne Sie. Halten Sie sich aus meinen Ermittlungen heraus. Ich will Sie in Kiel nicht mehr sehen, egal, ob Sie Lippi oder Lappi heißen, oder sonst wie. Obwohl Sie ein beeindruckender Mann sind und ein schönes Auto haben. Mehr habe ich Ihnen nicht zu sagen."

Brockmann stieg aus, ging unter den Augen des Leibwächters zu seinem Wagen, der neben dem Lancia des Mafia-Paten besonders schäbig aussah, und fuhr davon. Wieder einer, der in diesem Leben nicht mehr sein Freund werden würde.

Dienstag, 22.06.11

11 : Dienstbesprechung

Bevor Brockmann am nächsten Morgen zur routinemäßigen Dienstbesprechung ging, die ja jetzt Teamsitzung hieß, besorgte er sich noch die Lokalzeitung. Zu seiner Erleichterung hatte es der Tote im Beton bisher nur zu einer kurzen Nachricht auf der Umland-Seite geschafft; deshalb waren also zunächst einmal keine hysterischen Reaktionen der Bevölkerung oder der Lokalpolitik zu erwarten.

Bis auf Missfeldt waren alle da und lasen, still und konzentriert, in einem Informationsblatt, das offensichtlich der Kollege Neuer verteilt hatte.

Brockmann warf, solange sie noch auf Missfeldt warteten, einen kurzen Blick in die Runde. Frau von der Aue strahlte Frische und Perfektion aus, wie nicht anders erwartet, Schleth und Neuer eher das Gegenteil. Sie hatten ziemlich rote Augen und keine gesunde Gesichtsfarbe, auch damit hatte er gerechnet. Ein Rundgang über die Kieler Woche ging an keinem Mann spurlos vorbei. Neuer wirkte außerdem irgendwie verändert, aber Brockmann konnte nicht sagen wie.

Missfeldt kam herein, schwungvoll wie immer.

„Guten Morgen, Frau von der Aue, Frau Fischer, guten Morgen, meine Herren. Ich sehe hier eine Tischvorlage, Herr Neuer hat mich schon vorab von seinem Vorhaben informiert, ja, es weht ein neuer Wind sozusagen."

Eigene Wortspiele fand er immer ziemlich gut.

„Neuer, legen Sie los."

„Liebe Kolleginnen, liebe Kollegen, ich habe euch die Ergebnisse zu der Recherche, mit der ich beauftragt war, hier kurz zusammengestellt:

Herbert Wöhlkamp:
- _geb. 1958, Bauunternehmer, verheiratet, 2 Kinder_
- _1974 – 1980 Maurerlehre, Meisterprüfung_
- _1984 Gründung eines Baugeschäftes, in das seine Frau nennenswerte Beträge eingebracht hat, spezialisiert auf Ein- und Mehrfamilien- bzw. Appartementhäuser_
- _Seit 2000 Eigentümer von 6 Wohnungen im Haus "Seegard",die er inzwischen gut verkauft hat; insgesamt finanziell solide aufgestellt._

Eduard Rober (nennt sich selbst lieber Edward) :
Pensionierter Verwaltungsbeamter, Jahrgang 1948, hat eine Wohnung in Laboe und ein Appartement im Haus" Seegard", in dem ihm noch weitere drei Appartements gehören.
- _Seit 1964: Verwaltungslehre im Rathaus Kiel_
- _1970 – 2008: Verwaltungsbeamter im Amt Probstei, daneben in der Lokalpolitik und in einem Wohlfahrtsverband aktiv, ebenso im Tourismusbereich Laboes._
- _1996 – 2008: Gemeindevertreter in Laboe_
- _Ab 2008: frühpensioniert, Ausscheiden aus der Gemeindevertretung._

Rober hat offensichtlich für den Tourismus in Laboe und in der Propstei viel geleistet: Er hat sich früh einen Namen gemacht, als er als junger Mann mit dazu beitrug, dass der Marinebund das U-Boot U 995 in Laboe aufstellen konnte, das war damals, im Jahr 1972, eine Riesenaktion. Er war an allem beteiligt, was den Tourismus in Laboe vorangebracht hat: den vielen

Aktionen wie den „Dorsch-Tagen", dem Ausbau der Bettenkapazität und der Zahl der Appartements, der Schaffung eines Naturerlebnisraums mit der Meereskundlichen Station, der Vernetzung mit der Region Probstei und der Schaffung eines neuen großen Segelhafens.

Dennoch gab es immer wieder Kritik: Er kannte und kennt einfach alle wichtigen Leute in Laboe, so dass schon von Filz gesprochen wurde, er hat sicher auch privat von öffentlichen Entscheidungen profitiert, und er hat wohl ein Alkoholproblem. Speziell in den letzten Jahren gibt es solche Andeutungen.

„Vielen Dank, Herr Neuer. Gibt es dazu Fragen? Frau von der Aue, bitte."

„Gibt es Hinweise, warum er 2008 aus allen Funktionen ausgeschieden ist?"

„Der Lokalpresse nach zu urteilen, waren es gesundheitliche Gründe. Hier sollten wir durchaus mal nachfragen", antwortete Neuer.

„Gut. Herr Rober ist sicher einer derjenigen, mit denen wir heute sprechen müssen. Bitte weiter, Herr Neuer."

Neuer trug den zweiten Teil seines Info-Blattes vor:

Franz Witteck
Frühpensionierter Lehrer, Jahrgang 1952, ist im Alten- und Pflegeheim Passade untergebracht; seine Frau ist vor 2 Jahren mit dem gemeinsamen Sohn in ihre Jugendheimat nach Süddeutschland gezogen, nach Weinheim an der Bergstraße.

- *1970 – 75 Studium an der UNI Kiel, Deutsch und Geographie*
- *Ab 1975 erst Referendar, dann Studienrat am Gymnasium Heikendorf*

- *1979 Heirat mit Heike Witteck, geb. Berghofer, 1990 Geburt des einzigen Kindes*
- *1990 großes Erbe von einem Onkel ohne Nachkommen, der in die USA gegangen war. Danach Immobilienaktivitäten, vor allem in Laboe und Umgebung.*
- *2000 Erkrankung an massiven Depressionen. Zunächst Therapieversuche in verschiedenen Kliniken, die ohne Erfolg bleiben, Frühpensionierung und ab 2005 Unterbringung im Pflegeheim Passade.*

„Also insgesamt eine traurige Geschichte", kommentierte Neuer abschließend. „Witteck wird uns bei unseren Nachforschungen keine große Hilfe sein können; er soll fast völlig verstummt sein, die Ärzte vermuten, dass zu den Depressionen auch eine frühzeitig beginnende Alzheimer-Erkrankung getreten sein könnte."

„Mit den fantastischen Vier ist es nicht mehr so weit her", führte Brockmann den Gedanken weiter. „Bis auf Wöhlkamp, der noch ganz gut drauf ist, sind zwei frühpensioniert und mehr oder weniger lädiert vom Leben oder wovon auch immer, einer ist verschwunden, möglicherweise in Zement gegossen. Was gibt es dazu, Willi?"

„Zuerst etwas Trauriges, Leute. Die Zahnarztunterlagen waren bisher leider nicht zu finden, ein Praxisumzug hat da einiges durcheinandergebracht. Was ich sagen kann, ist, dass das Alter der Leiche mit dem des Italieners bei seinem Verschwinden ungefähr übereinstimmt, ebenso ihre Größe und Statur."

„Ich plädiere dafür, dass wir weiter von der Arbeitshypothese ausgehen, dass es sich um Salvatore Baggio handelt", sagte Brockmann.

„Warum?", fragte Missfeldt. „Ist es nicht riskant, die Ermittlungen zu sehr einzuengen? Was ist eigentlich mit der dänischen Baufirma?"

„Die Firma ist offensichtlich pleite; es gibt sie schon seit Jahren nicht mehr. Ein Bekannter von mir, Polizist auf Aerö, versucht noch Verantwortliche aus dieser Zeit zu finden, aber das wird nicht leicht. Also, ehrlich gesagt, die Nachforschungen zu unserem Betonkopf lassen sich sehr zäh an. Meine einzige Hoffnung: Ich habe aus dem italienischen Umfeld Hinweise erhalten, die die Baggio-Hypothese sehr eindeutig stützen."

„Was für Hinweise, was für ein Umfeld?", fragte die Psychologin.

„Dazu kann ich nichts sagen."

„Interessant, wie vertrauensvoll und offen die Zusammenarbeit hier läuft", sagte Frau von der Aue. Ihre Stimme blieb beherrscht und kühl.

Es ärgerte Brockmann immer, wenn andere offensichtlich kontrollierter waren als er. Der Ärger wollte raus.

„Ich muss als leitender Beamter den Umgang mit meinen Quellen selbst gestalten und verantworten. Es gehört eben auch zum Vertrauen in diesem Kreis, mir dies zuzugestehen, Frau Doktor."

„Herr Brockmann hat in seiner langjährigen Tätigkeit ein Netz von Informanten aufgebaut, Frau von der Aue", schaltete sich Missfeldt ein, „die uns, ohne allen Mitarbeitern im einzelnen bekannt zu sein, schon wertvolle Hinweise gegeben haben. Ich kann damit sehr gut leben, und – um zum aktuellen Fall zurückzukehren – ich schlage vor, dass wir auf der Basis von Brockmanns Arbeitshypothese weiterarbeiten, unter der Voraussetzung, dass Frau Fischer sich noch einmal die Vermisstenfälle des in Frage kommenden Zeitraums vornimmt. Herr Brockmann, wie geht es bei Ihnen konkret weiter?"

Brockmann konnte seinen Ärger wieder herunterfahren.

„Neuer und ich werden uns weiter in Laboe herumtreiben und Eduard Rober einen Besuch abstatten; anschließend wollen wir bei Franz Witteck im Pflegeheim vorbeischauen."

„Bei diesem Besuch würde ich gerne dabei sein, Herr Brockmann", sagte die Psychologin.

„In Ordnung. Ich sag Ihnen per Handy Bescheid, wann wir uns in Passade am Heim treffen können." Begeistert war Brockmann nicht, aber er gab sich doch Mühe, das nicht zu sehr deutlich werden zu lassen.

„Auf ein Neues, Neuer !" Dieses abgedroschene Wortspiel musste jetzt sein.

12 : Stochern in der Vergangenheit

Neuer wirkte geistesabwesend. Manchmal lächelte er. Er wirkte wie ein Traumwandler, aber es schien ein schöner Traum zu sein.

Gestern hatte er angespannt gewirkt, manchmal auch nervös und unsicher. Was war los mit ihm? Brockmann warf, obwohl er sich natürlich, besonders auf dem Ostring, auf den Verkehr konzentrieren musste, immer wieder mal einen Blick hinüber zu seinem Kollegen, doch bevor er seine Gedanken in eine Frage gießen konnte, fing Neuer an zu sprechen.

„Wissen Sie, wo ich heute zum Spätnachmittagskaffee eingeladen bin?"

Brockmann hasste solche Ratespiele.

„Nein."

„Im Appartementhaus *Seegard* in Laboe. Gestern auf der Kieler Woche habe ich eine Frau kennengelernt, der da eine Wohnung gehört. Goethe würde sagen: *Ich habe eine Bekanntschaft gemacht, die mein Herz näher angeht.* Und ich würde ergänzen: die uns für unsere Ermittlungen nützlich sein kann."

„Tja."

Neuer strahlte.

„Das ist ein Ding, was?"

Jetzt war Brockmann alles klar. Natürlich. Sein Kollege mit dem leicht bewegten Herzen hatte sich schon wieder verliebt. Hoffentlich nicht wieder in eine junge Polizistin.

„Die Kieler Woche ist schon sensationell, Herr Brockmann. Da ist eine Stimmung! Na ja, meine neue Bekannte heißt Lisa. Lisa Schilling, eine Grundschullehrerin aus Laboe, und sie ist sehr, sehr nett …"

Neuers Stimme blieb in der Schwebe, er verstummte, der Tagtraum setzte wohl wieder ein.

„Das freut mich, Neuer. Aber tun Sie mir einen Gefallen und schmeißen nicht wieder alle hunderttausend Kilo Ihrer Gefühle auf diese eine Frau. Haben Sie schon mit ihr geschlafen?"

„Nein, was denken Sie? Wir haben uns noch nicht einmal geküsst! Ich bin nur zum Kaffee eingeladen. Deshalb würde ich gerne heute etwas früher Schluss machen, wenn es geht."

„Hmm. Na gut, es ist ja Ermittlungsarbeit im weiteren Sinn. Machen Sie man. Wer weiß, wozu dieser Kontakt noch gut sein kann."

Neuers Lächeln war Belohnung genug für diese Entscheidung, aber Brockmann hatte das Gefühl, die Blütenträume des Kollegen würden ihm bald auf den Wecker fallen.

Sie parkten beim Rathaus, im Zentrum Laboes gelegen, am Marktplatz, der mit seinen schmucklosen Flachbauten alles andere als maritimes, gemütliches Flair besaß und eher eine Zeitreise in die 60er ermöglichte, selbst für den nüchternen Brockmann nicht unbedingt das Ziel touristischer Träume. Rober besaß in einem Haus in der Rathausstraße eine Dachwohnung.

Er öffnete, leger gekleidet mit Jeans und leichtem Pulli, der sichtbar spannte in der Bauchpartie; sein blass-sommersprossiges, aber jetzt etwas gerötetes Gesicht war freundlich und offen, er wirkte trotz des sehr stark gelichteten, lockigen rotblonden Haars deutlich jünger, als er war.

„Kommt rein, Leute."

Mit wenigen Worten und Gesten, die bei einem anderen vielleicht plump-vertraulich gewirkt hätten, schuf er das Gefühl, zu einem alten Kumpel zu kommen.

„Brockmann, Mordkommission, und das ist mein Kollege Neuer."

„Ach ja, Sie hatten angerufen, richtig?"

Rober führte sie durch den Flur, dessen eine Wandvertäfelung mit einem seltsamen Porträt bemalt war, ein Mann, ohne jede Distanz den Betrachter anlächelnd, selbstbewusst, vielleicht sogar frech und unverschämt, Geld hinter sich werfend, mit einer großen Geste, grobe Striche in Rot, Grün, Gelb und Blau, alles etwas grell, sehr im Gegensatz zum mit schwerer dunkler Ledergarnitur und Schrankwand standesgemäß bürgerlich-langweilig eingerichteten Wohnzimmer, durch das sie zu einem der zwei Balkons kamen, über die die Wohnung verfügte.

„Nehmen Sie Platz. Ich vermute, Sie sind wegen der Betonleiche bei unserem Appartementhaus gekommen. Mögen Sie etwas zu trinken? Bier? Wasser? Kaffee?"

„Ein alkoholfreies Bier für mich", sagte Brockmann, Neuer wollte einen Kaffee.

Sie nutzten die Zeit, in der Rober die Getränke holte, um sich umzuschauen. Der Blick ging über das Promenadenviertel zur Ostsee, auf der im Sonnenschein die ersten Traditionssegler langsam wie eine alte Frau mit Gehwagen Richtung Leuchtturm zogen; sie fuhren ja jeden Tag hinaus während der Kieler Woche, und der Wind war um diese Zeit noch sehr moderat. Brockmann blickte kurz zu Neuer, und in dessen Gesicht stritten – wie bei ihm selbst – wohl zwei Gefühle miteinander: das Erstaunen über diesen tollen Blick, mit dem sie nicht gerechnet hatten, und der Neid. Es wurde ihnen klar, dass dieser Mann nicht nur Laboe und seinen Tourismus vorangebracht hatte, sondern wohl auch ein Händchen für das eigene Wohlergehen besaß – Brockmann konnte ihm das nicht übelnehmen.

„Nicht schlecht, der Blick, oder ?" Rober hatte in ihren Gesichtern gelesen. „Da müssten Sie erstmal abends kommen, wenn über Falkenstein die Sonne untergeht!"

„Das werden wir tun, auf ein paar richtige Bier, wenn der Fall abgeschlossen ist", sagte Brockmann spontan. Er fühlte sich wohl bei diesem Mann – und das passierte ihm nicht so häufig.

„Ja, Stichwort Fall. Sie sagten, Sie kommen wegen der Betonleiche, ne?" Rober verschliff das fragende „Nicht" typisch norddeutsch zum „ne"; diese nachlässige Sprechweise hatte er trotz eines Lebens in Amtsstuben, Ausschüssen und sonstigen politischen Gremien nicht abgelegt.

„Ja, genau. Wie sehen Sie diese Sache?"

Brockmann fragte, Neuer schrieb fürs Erste.

„Tja." Rober machte eine Pause. „Ehrlich gesagt, bin ich völlig ratlos."

Sein Gesicht war wirklich die Ratlosigkeit und Zerknirschung schlechthin. Selbst seine Glatze schien sich in Falten zu legen. „Bei der dänischen Baufirma haben Sie schon nachgefragt, habe ich gehört."

Weiß der Teufel, wie diese Nachricht schon zu Rober gelangt war. Na ja, der Wind wehte allerlei über die Förde. Bei diesen Ermittlungen schien nichts geheim bleiben zu können.

„Ja, richtig. Was man so nachfragen nennt. Die Firma existiert nicht mehr."

„Fragen Sie mal Per Christiansen in Aerösköping. War damals Vorarbeiter. Er kommt jedes Jahr immer noch mal vorbei, und dann trinken wir auf alte Zeiten. Netter Kerl; ich hab' eben schon mit ihm telefoniert; ich hoffe, Sie sind mir nicht böse. Er kann sich das alles auch überhaupt nicht erklären."

Neuer legte seinen Stift zur Seite, und Brockmann merkte, wie Zorn in ihm aufstieg auf diesen sympathischen, jovialen, freundlichen Mann. Schon wieder dieser Zorn, den er so gut kannte und den er doch nur schwer kontrollieren konnte.

„Verdammt, Herr Rober, Sie können doch nicht einfach in unseren Ermittlungen rumpfuschen!"

„Nein, Sie haben ja Recht." Rober setzte auf seine bisherige Zerknirschung noch einen Schlag drauf. „Wissen Sie, wenn man sein Leben lang Strippen gezogen hat, ist das schon fast genetisch."

„Ach, hören Sie auf. Als ehemaliger Verwaltungsbeamter wissen Sie doch genau über Zuständigkeiten und Dienstwege Bescheid. Ich werde den Eindruck nicht los, dass Sie Einfluss auf unsere Ermittlungen nehmen wollen."

„Chef, jetzt haben wir doch wenigstens einen dänischen Ansprechpartner. Das können wir jetzt doch alles überprüfen", schaltete sich Neuer ein.

„OK." Brockmann atmete zweimal durch. Manchmal war ein Partner, der anders tickte als er, doch ganz hilfreich.

„Dann kommen wir zum Haupt-Fragenkomplex, dem Verschwinden Ihres Partners Salvatore Baggio. Sie werden verstehen, dass wir vor allem auch dieser Spur nachgehen müssen. Da ziehen vier Leute ein großes Bauprojekt hoch, dann gibt es Geldprobleme, und plötzlich ist einer der fantastischen Vier nicht mehr da. Und dann wird eine Leiche gefunden, bei Ihrem Bau, einbetoniert offensichtlich in der Zeit, in der Baggio verschwand. Das finden wir schon seltsam. Können Sie sich erinnern, wann Sie Baggio zuletzt gesehen haben?"

Rober hatte immer noch die verbindliche Freundlichkeit der Begrüßung. Wirkte sie angestrengter als am Anfang?

„Die fantastischen Vier, ja, das ist ein gutes Stichwort, ich merke, Sie haben Ihre Hausaufgaben gemacht. Schon mit Althoff geredet, wie? Ja, wir waren wirklich eine verschworene Gemeinschaft. Schauen Sie, hier habe ich noch ein Foto von uns aus dieser Zeit."

Rober hatte sich offensichtlich gut vorbereitet. Das Foto war an der Steilküste gemacht, in der Nähe des Appartementhauses, wohl während der Windjammerparade einer früheren Kieler Woche. Vor der strahlend blauen Förde mit hunderten von Segeln und einigen Frauen im Hintergrund posierten sie, die vier Männer, die Arme einander auf die Schultern gelegt, lachend, stolz, voller Zuversicht, einer wie der andere. Lediglich der gut aussehende Typ, der Baggio sein musste, schien mit seinen Gedanken auch irgendwo anders zu sein, sein Lächeln wirkte nicht so offen und vorbehaltlos wie das der anderen.

„Schauen Sie, Herr Brockmann, wir waren die besten Freunde, die man sich vorstellen kann. Das Foto ist im Jahr 2000 aufgenommen, ebenso dieses andere hier, in Salvos Pizza-Imbiss am Hafen."

Wieder diese Bombenstimmung, diese Fröhlichkeit, ein tolles Team, diese vier. Im Hintergrund war eine Frau zu sehen, eine Kellnerin offensichtlich, die sich abwandte.

„Deshalb ist es auch abwegig, dass wir etwas mit Salvos Verschwinden zu tun haben sollten, wenn es denn ein Verschwinden war."

„Können Sie das mal genauer erklären?"

„Ich möchte etwas weiter ausholen."

Rober nahm einen ordentlichen Zug von seinem Bier.

„Baggio war ja der Grundeigentümer, wie Sie vielleicht wissen, und damit war er auch federführend für den Bau. Er war formal der Bauherr, auch wenn wir alle wichtigen Entscheidungen gemeinsam getroffen haben. Er hatte deshalb den Zugriff auf das gemeinsame Baukonto, das wir eingerichtet hatten. Und das ging anfangs richtig gut; er bekam die Rechnungen der Dänen, wir zahlten unseren Anteil ein, und er überwies die Beträge. Im Juli 2000 war wieder ein größerer Teilbetrag fällig, so 100 000 D-Mark damals, und wir trafen uns in unserem Muster-Appartement, das wir schon fertig ausgestattet und eingerichtet hatten, um Käufer zu gewinnen. Die Stimmung war gut, bis Baggio erklärte, dass er unser Geld an der Börse verzockt habe. Er wollte doch nur ein bisschen von der Internet-Euphorie profitieren, als Day Trader, es gab mehrere Börsengänge in dieser Zeit, die schon bei der Ausgabe um ein Mehrfaches nach oben schnellten, *Infineon* sagt Ihnen vielleicht was, aber dann kam der Absturz, er hatte sich verzockt, mit seinem und mit unserem Geld. Scheiße, auf Deutsch gesagt. Wir waren stinksauer. Ich hätte ihm am liebsten eine reingehauen, Freundschaft hin oder her."

Rober lächelte entschuldigend. Da war einer mit seiner Vergangenheit wieder im Reinen.

Im lockeren Plauderton, der dennoch die Spannung des Geschehens unterschwellig mitteilte, fuhr er fort: „Und dann machte er das Angebot: Er wollte das verzockte Geld in Italien wiederbeschaffen, bei seiner weitläufigen Verwandtschaft. Was sollten wir tun? Wir entschlossen uns, zweigleisig zu fahren. Salvo sollte die italienische Geldader anzapfen, so es sie denn gab, und wir wollten zur Sicherheit und parallel hier Geld mobilisieren. Und so wurde es dann gemacht."

„Das hört sich ja so an, als hätten Sie diese schwierige Situation elegant gemeistert."

„Schlicht und einfach: ja. Die Gerüchte, die es gibt, dass die glorreichen Vier damals am Abgrund standen, …"

Er ließ den Satz in der Luft hängen, als wenn es unter seiner Würde wäre, sich weiter damit zu beschäftigen.

Er machte sich eine neue Flasche Bier auf.

„Und wie ist das mit dem Geld denn nun ausgegangen?", fragte Neuer. Er war wohl mit der Beschränkung auf das Protokoll nicht ganz zufrieden.

„Es kam noch eine Karte von ihm, aus Neapel. Zehn Tage nach seiner Abreise. Warten Sie, ich habe sie schon zurechtgelegt, hab mir schon gedacht, dass Sie nach ihm fragen. Hier, das ist sie."

Er gab Brockmann eine Ansichtskarte, Neapel-Panorama und Hafen mit Vesuv im Hintergrund; abgestempelt am 29.07.2000; der Text – gemischt deutsch und italienisch – machte Hoffnung; der letzte Satz: *Alles wird gut. Salvo.*

„Und dann ?"

„Dann haben wir nichts mehr von ihm gehört. Das war natürlich nicht witzig, obwohl wir auf alle Eventualitäten vorbereitet waren."

Er unterbrach und zeigte auf die Förde. „Da, der Segler mit den auffälligen hellgrünen Segeln: die „*Alexander von Humboldt*", das Schiff aus der Becks-Bier-Reklame. Wird demnächst durch ein neues ersetzt."

„Den hatte ich mir größer vorgestellt", sagte Neuer, „aber trotzdem wunderschön."

Es trat Schweigen ein, für einen Moment. Jeder schnappte sich sein Getränk, Rober holte für sich neu aus der Küche.

„Wo waren wir?" Robers Stimme kam wie von weit her.

„Bei der ,*Alexander von Humboldt* ", sagte Neuer.

„Wollen Sie mal mitfahren? Kann ich vermitteln."

Der Strippenzieher Rober war plötzlich wieder in seinem Element. Brockmann reichte es jetzt.

„Lassen Sie man, Herr Rober. Ich brauch den jungen Mann rund um die Uhr. Wir waren bei Salvo und dem Geld, die beide nicht kamen."

„Ach ja, na gut. Also: wir taten 3 Dinge. Die Bauplanung wurde, so gut es geht, mit dem Ziel der Geldeinsparung verändert – Down-Sizing nennt man das heute wohl. Keine Balkons mehr zum Beispiel. Beim Bau selbst wurde jetzt viel in Schwarzarbeit erledigt, von Wöhlkamp und seinen Leuten, und dann ließen wir uns von Frau Baggio das Grundstück überschreiben – Gott sei Dank hatte sie eine Vollmacht ihres Mannes. So haben wir die Hütte fertiggestellt und die Appartements verkauft oder vermietet. So war's. Und deshalb, Herr Brockmann und Herr Neuer, müssen Sie eine andere Spur suchen."

Rober klang jetzt eine Spur aggressiv, seine Augen glänzten. „Baggio ist nicht der Tote, garantiert nicht, und wir haben mit dieser Leiche nichts zu tun. Weiß der Teufel, wo sie herkommt. Wir haben den Bau damals ja nicht rund um die Uhr bewacht."

„Interessante Geschichte, Herr Rober. Wir bedanken uns. Können Sie uns die Postkarte überlassen?"

„Natürlich." Rober war wieder die Freundlichkeit und Großzügigkeit in Person. „Aber passen Sie gut darauf auf. Das hätte ja keiner ahnen können, dass sie mal ein wichtiges Beweisstück wird."

Brockmann tütete die Karte ein.

„Wo haben Sie eigentlich Ihre Frau gelassen, Herr Rober?"

„Gabi ist einkaufen. Ich glaub', sie wollte unten am Hafen frischen Räucherfisch kaufen, da gibt's einen Laden , geöffnet von "10 Uhr bis alle", so ähnlich ist es da zu lesen, der nachts immer frisch vor Ort räuchert; essen wir zu gern, einfach mit Meerrettich und

Kartoffelbrei. Toll ist auch der kleine Fischladen in Stein, da gibt es vielleicht noch Seehasen, das ist nun ganz was Besonderes!"

Rober hatte sich schon wieder in Begeisterung geredet, das wandelnde Tourist-Büro. Brockmann lief das Wasser im Mund zusammen; sein alkoholfreies Bier hatte ihn richtig hungrig gemacht. Aber Neuer musste noch etwas fragen.

„Herr Rober, das Bild hier im Flur, dieses Porträt, was hat es damit auf sich?"

„Oh Mann, Herr Neuer. Darüber könnte ich ja ganz viel erzählen." Er holte Luft.

„Vielleicht geht es auch kurz?", fragte Brockmann.

„Na gut. Vielleicht kennen Sie den Expressionisten Erich Heckel; der wollte sich in der Zeit vor dem Ersten Weltkrieg im Sommer irgendwo an der Ostsee niederlassen. Laboe – und das ist kaum bekannt – war dabei seine erste Station, bevor es ihn an die Flensburger Förde verschlug. Und hier in dieser Wohnung hat er gewohnt, für kurze Zeit. Und – natürlich hatte er keine Kohle, und so hat er anstelle der Miete ein Selbstporträt hinterlassen, das ihn ironisch als reichen Fatzke darstellt; die damalige Besitzerin hatte ein großes Herz und hat sich darauf eingelassen, und das hat mir dann geholfen, als wir das Geldproblem mit unserem Bau hatten. Das, was Sie hier sehen, ist nicht das Original; das habe ich verkauft damals an das Brücke-Museum in Berlin. Das Gute war ja, dass der Flur mit Holz vertäfelt war und die Platte mit dem Bild gut abmontiert werden konnte. Ein Kunstlehrer aus Heikendorf hat es mir dann wieder kopiert, für billiges Geld. Das war ich der Kunst und dem alten Heckel doch schuldig, oder?"

Rober lachte wieder, die Zufriedenheit in Person.

„Sie haben wirklich tolle Geschichten, Herr Rober."
Neuer war sehr beeindruckt. „Ich kann mich jetzt
erinnern, dass ich das Bild in Berlin mal gesehen habe.
Damals habe ich mich über den seltsamen Bildgrund
gewundert. Tolle Sache."
„Wir müssen, Neuer." Brockmann reichte es jetzt.
Rober verabschiedete sie:
„Kommen Sie jederzeit vorbei, wenn Sie noch Fragen
haben. Und wenn der Fall geklärt ist, wartet noch `ne
Kiste Flens auf Sie. Nicht vergessen!"
Auf der Treppe kam ihnen eine Frau entgegen, mit
Einkaufstaschen, dunkelhaarig, Mitte - Ende 50, wohl
Frau Rober. Sie grüßte knapp, ohne zu lächeln, und fragte
leise:
„Na, haben Sie tolle Geschichten gehört?"
Dann war sie schon vorbei, wie ein Wolkenschatten an
diesem sonnigen Tag.

13 : *Haus am See*

Sie machten sich auf den Weg zum Auto. Das Wetter war inzwischen richtig warm, der Südwind, der nur ein paar Schönwetterwolken mitbrachte, machte es möglich.

„Bevor wir es vergessen: Neuer, sagen Sie kurz Frau von der Aue Bescheid, dass wir uns jetzt auf den Weg zum Pflegeheim machen, in dem der Witteck sitzt. Wir wollen ja nicht Ausmecker bekommen, wie meine Tochter sagte, als sie noch klein war. Ich denke, wir werden da so in 10, 15 Minuten sein und warten dann auf sie."

Neuer machte das per SMS. Dann sagte er:

„Chef, ein Fischbrötchen am Hafen wäre nicht schlecht, oder?"

Brockmann ging das Gespräch noch im Kopf herum; aber klar hatte er Appetit und stimmte zu. In dem großen Fisch-Restaurant mit vielen Sitzplätzen draußen in der Sonne war schon wieder allerhand los; hier schien das wirkliche Zentrum Laboes zu sein. Neuer gab kurz die veränderte Zeit an die Psychologin durch, dann holten sie sich Brötchen mit Matjes und Räucheraal, Kaffee dazu und setzten sich an einen Holztisch etwas abseits von den Touristen, die z.T. mit entrückten Gesichtern und geschlossenen Augen die Frühsommersonne genossen.

„Na, was denken Sie, Neuer? Welchen Eindruck haben Sie von Rober?" fragte Brockmann, kaum dass sie sich gesetzt hatten. Er war ungeduldig, und das konnte Neuer ruhig merken.

„Tja. Kleinen Moment."

Wenn es um Essen ging, zog Neuer sein Ding ganz cool durch, wenn er auch sonst ein ziemlicher Warmduscher war, wie Brockmanns Bundeswehrfreund aus seiner Fußballtruppe sagen würde. Er nahm erst einmal einen Schluck Kaffee und einen Bissen von seinem Matjes-

Brötchen. Am Nebentisch fing ein kleiner runder Bestell-Chip an zu blinken und zu summen, das Zeichen, dass das bestellte Essen an der Ausgabe abgeholt werden konnte. Verrückt, dachte Brockmann. Voll auf der Höhe der modernen Zeiten, Fisch essen in Laboe.

Neuer hatte andere Sorgen.

„Ich glaube, wir müssen unsere Ermittlungen umstellen, Herr Brockmann. Ich bin ziemlich entmutigt. Das, was Rober gesagt hat, war schlüssig und überzeugend; der Italiener ist offensichtlich nicht hier verschwunden – die Karte müssen wir natürlich noch einmal checken – und deshalb sind wir in einer Sackgasse. Tut mir Leid. Insgesamt fand ich Rober einen interessanten, sympathischen Typ. Die Sache mit dem Selbstporträt von Heckel ist ja wohl ein Ding, oder?"

„Ja, stimmt. Ich frage zum Beispiel: wie stark muss jemand in Not gewesen sein, dass er einen so einmaligen Schatz verkauft. Und dann frage ich: Wie kommt es, dass so jemand, der die Herzen von Menschen gewinnen kann und ruhig und zufrieden seinen Lebensabend verbringen könnte, offensichtlich Alkoholiker ist? "

„Und der eine Frau hat, die einen unglücklichen Eindruck macht", ergänzte Neuer. „OK, ich sehe ein, wir sind noch nicht fertig mit ihm. Ich neige dazu, Leuten erstmal zu glauben, gerade wenn sie sympathisch sind, und lasse mich manchmal zu schnell entmutigen."

Brockmann ging nicht weiter auf diesen Anfall von Selbsterkenntnis bei seinem Kollegen ein. So viel Naivität und Offenheit bei einem Mann Mitte dreißig, der Kripo-Beamter sein wollte, war er nicht gewohnt. Wie konnte das nur angehen? Aber na klar: Neuer war ja auch verliebt.

Auf der Fahrt nach Passade ging es weiter.

„Schauen Sie, Chef. Die Gerste bekommt schon Ähren. Die Felder sehen so weich aus, als wenn man sie streicheln könnte. *Der Wind ging durch die Felder, die Ähren wogten sacht* …So hat Eichendorff vor fast 200 Jahren gedichtet, und es stimmt noch immer… Es ist einfach wunderschön hier in der Probstei."

Brockmann war froh, dass es bis Passade nur eine kurze Fahrt war. Er war noch nie hier gewesen; Neuer holte sein Handy mit Navi-Funktion wieder vor und lotste ihn durchs Dorf, einen Hügel hinunter, bis sie zum See kamen, der hinter großen Linden in seiner ganzen Länge vor ihnen lag, eingebettet zwischen sanften Hügeln, strahlend blau leuchtend.

„Jetzt noch einen Kilometer rechts, dann sind wir da", sagte Neuer.

Vor ihnen lag ein größerer Gebäudekomplex; sie waren richtig, denn davor wartete schon Frau Dr. von der Aue. Ihre blonden Haare leuchteten in der Sonne wie in Inga-Lindström-Filmen vom Seniorensender ZDF, die seine Ex so gerne sah, dachte Brockmann, nur die Leute mit Gehwagen und Rollstuhl passten nicht ins Bild.

„Ich habe uns schon angemeldet", sagte die Psychologin. „Herr Witteck wird gleich gebracht, wir können dann dort am See mit ihm reden. Die Leiterin des Heims ist sehr skeptisch, ob wir etwas aus ihm herausbekommen."

Brockmann nahm Neuer beiseite. „Ich geb Ihnen mal einen Pfefferminz; Sie riechen immer noch ein wenig streng."

„Nach Matjes oder was?"

„Ja, und Zwiebeln", erwiderte Brockmann. „Macht ja auch nichts. Aber unsere Psychologin ist das vielleicht nicht so gewöhnt aus Berlin."

Franz Witteck wurde von einem Pfleger im Rollstuhl herangeschoben, begleitet von der Heimleiterin, einer

dunkelblonden Frau Anfang 50, die sich als Hanne
Sörensen vorstellte und die Mischung aus Freundlichkeit,
Kompetenz und tatkräftiger Unbarmherzigkeit
verkörperte, die Brockmann von Menschen kannte, die in
sozialen Einrichtungen erfolgreich waren. Sie hatte ein
wenig Ähnlichkeit mit der Bundesarbeitsministerin, fand
er. Die drei Personen brachten einen Schwall
verbrauchter Luft mit, die nach alter Feuchtigkeit, wenn
nicht nach Schimmel roch, mit einem Wort: nach Gruft.
Das Gebäude schien nicht optimal gelüftet zu werden,
oder das Ganze gehörte schon zum Vorberei-
tungsprogramm für die Insassen auf das, was sie früher
oder später erwartete.
„So, hier haben wir Herrn Witteck, meine Dame, meine
Herren. Ich lasse Ihnen einen Kaffee und ein paar Kekse
bringen, Sie sollen sich hier ja wohlfühlen. Es wäre nett,
wenn Sie nach dem Gespräch noch kurz im Büro
vorbeischauen würden. Ich muss Sie darauf vorbereiten,
dass Herr Witteck heute unerklärlich unruhig ist, trotz der
Medikamente, die er bekommt. Es scheint fast, als wenn
irgendwelche äußeren Reize ihn sehr aus seinem Normal-
zustand geworfen haben. Ein Pfleger meinte, er habe
jemanden aus Wittecks Zimmer kommen sehen, aber das
halte ich für sehr unwahrscheinlich, hier kann nicht
einfach jemand ein- und ausgehen ohne unsere Erlaubnis.
Also: Ich habe meine Zweifel, ob Sie zu ihm
durchdringen können. Auf jeden Fall vertraue ich auf
Ihre Behutsamkeit. Nun denn."
Frau Sörensen ging, zusammen mit Pfleger Jörg, wie sie
ihn nannte. Neuer schob den Rollstuhl über die Straße
zum See hinunter, zu einer Sitzgruppe aus Holzmöbeln
unter einer großen Linde. Dort war schon für den Kaffee
gedeckt, der jetzt von einer jungen Küchenhilfe gebracht
wurde.

Franz Witteck war nach Neuers Info heute Morgen Ende 50, sah aber deutlich älter aus. Sein dunkles Haar war zwar noch kaum grau, aber dünn und strähnig, und das magere Gesicht mit einer ziemlich beherrschenden Hakennase wirkte müde und erloschen, wie eine Eule, die den Beutefang vor langer Zeit eingestellt und schon vergessen hatte; Arme und Kopf bewegten sich aber auch immer wieder ziellos hin und her, die Augen konnten keinen Punkt sicher fixieren. Beiger Pulli, graue Bundfaltenhose, er wäre wahrscheinlich am liebsten unsichtbar gewesen.

„Hallo, Herr Witteck. Wie geht es Ihnen?", fragte die Psychologin.

Seine Augen wanderten ein kleines Stück in ihre Richtung, ohne sie klar anzusehen.

„Geht."

Die Stimme war ohne Ausdruck, die Aussprache etwas undeutlich. Der Mann stand unter massiven Psychopharmaka.

„Wir kommen von der Polizei und möchten Ihnen ein paar Fragen stellen."

Brockmann ließ Frau von der Aue weiter fragen; sie hatte sicher mehr Erfahrungen mit Depressiven als er. Er sah, wie Neuer, der immer noch etwas in den Seilen hing nach seinem Kieler-Woche-Trip, sich Kaffee einschenkte, trank und unwillkürlich das Gesicht verzog. Brockmann schenkte sich selbst ein, der zarte Neuer war sicher zu verwöhnt, und probierte. Er glaubte es nicht, der Kaffee schmeckte auch nach Gruft, wieso auch immer. Er spuckte den Rest auf den Rasen.

„Tut mir Leid, ich habe mich verschluckt", sagte er, verbesserte sich dann aber und sagte: „Ich habe gelogen. Der Kaffee schmeckt einfach furchtbar, nach Schimmel und Gruft."

Dieser Auftritt schien Witteck zu gefallen; er lächelte und strich sich über die Haare, eine Verlegenheitsgeste wohl, lachte dann ganz offen, ahmte dabei das Ausspucken nach, bis er in einen Hustenanfall geriet, der dem Ganzen ein Ende setzte.

Er hatte Tränen in den Augen.

Die Psychologin wartete eine Weile und fragte dann:

„Herr Witteck. Können Sie sich an Salvatore Baggio erinnern?"

Wittecks Blick war wieder ins Nirwana gerichtet.

„Herr Witteck. Hören Sie mir zu!" Ihre Stimme war jetzt freundlich und eindringlich zugleich, sie setzte sich vor ihn und fasste ihn an den Händen.

„Herr Witteck, Salvatore Baggio. Erinnern Sie sich."

Witteck veränderte sich. Er fing an, sich fahrig in seinem Rollstuhl zu bewegen, offensichtlich zunehmend ängstlich und erregt, und murmelte erst leise, dann immer lauter vor sich hin, ohne dass man irgendetwas verstand. Es schien ein Streitgespräch zu sein, es waren unterschiedliche Stimmen erkennbar, dann brach Witteck in Tränen aus.

Brockmann war total überrascht und wie gelähmt. Neuer schien es ähnlich zu gehen.

Die Psychologin nahm Witteck in den Arm, wiegte ihn hin und her und redete leise und beruhigend auf ihn ein, wie mit einem Kind. So etwas hatte Brockmann dieser kopfgesteuerten Domina nicht zugetraut.

Neuer ging inzwischen – auf Gesten der jungen Frau hin – ins Haus, um die Leiterin zu holen. Sie gab Witteck eine Spritze, und Pfleger Jörg fuhr ihn, während er immer noch schluchzte, auf sein Zimmer. Kurz bevor sich die Tür hinter ihm schloss, wandte er sich noch einmal um und schaute sie klar, aber mit undeutbarem Gesichtsausdruck an.

„Kommen Sie bitte", lud Frau Sörensen sie in ihr Büro. Ihre Stimme war etwas vereist. Frau von der Aue und Brockmann nahmen in den Besucherstühlen Platz, Neuer stellte sich an einen Schrank in der Ecke des Raumes.

„Dieser Vorfall ist unverzeihlich, Frau von der Aue. Es darf einfach nicht passieren, dass ein Patient so in die Enge getrieben wird, dass er einen solchen emotionalen Zusammenbruch erleidet, der unsere Arbeit von Jahren zunichtemacht. Ich habe Sie mit unserem Patienten allein gelassen, weil ich auf Ihre Berufserfahrung vertraut habe; das war offensichtlich ein Fehler."

„Nein, so kann ich das nicht stehenlassen."

Frau von der Aue wirkte in keiner Weise eingeschüchtert.

„Wir haben ihm lediglich einen Namen genannt, einen Namen, der möglicherweise zu dem Ermordeten gehört, den wir einzementiert in Laboe gefunden haben, einen Namen, der sehr eng zu Wittecks Vergangenheit gehört. Wenn er jetzt so darauf reagiert, spricht das nicht dafür, dass Sie sich intensiv mit seiner Krankengeschichte beschäftigt haben. Von irgendeiner Therapie kann man aus meiner Sicht erst gar nicht sprechen."

„Ich habe nie behauptet, dass wir hier wirklich therapeutisch tätig sind. Wir sind ein Alten- und Pflegeheim, nicht mehr und nicht weniger."

So wie Frau Sörensen sprach, stellte sich Brockmann die Schneekönigin aus der Kinderwelt seiner Märchen vor; Neuer schien es ähnlich zu gehen.

„Und ich glaube, ich verstoße nicht gegen meine Schweigepflicht, wenn ich Ihnen sage, dass Witteck, als er vor fünf Jahren zu uns kam, völlig dumpf wirkte, geistig und seelisch so gut wie tot. Das war auch der Grund, warum seine Frau und sein Sohn, der sich immer sehr um seinen Vater gekümmert hat, schließlich nach

Süddeutschland gezogen sind. So wie heute habe ich Herrn Witteck noch nie erlebt, Herr Bockmann."

„Brockmann bitte, wie Brocken. So viel Zeit muß sein."

„Ja, ja."

Es war der Eiskönigin offensichtlich egal, wie der bekannteste Kripo-Beamte Kiels wirklich hieß. Es gab Schlimmeres.

„Also, ich möchte zum Ende kommen", sagte sie, „gleich beginnt der Mittagskreis, meine Herrschaften. Ein Gemeinsamkeitsgefühl ist uns so wichtig, Geborgenheit, verstehen Sie? Und gerade deshalb sehe ich diesen Vorfall mit Herrn Witteck als so bedauerlich an, er glaubt jetzt, wir können ihn nicht schützen vor solchen bedrohlichen Gefühlen. Aus meiner Sicht haben Sie Grenzen überschritten, ich werde mich deshalb an Ihren Vorgesetzten wenden."

„Ähnliches habe ich auch vor mit der Heimaufsicht, Frau Sörensen; der Moder- und Gruftgeruch, der überall in Ihrem Heim zu bemerken ist, spricht für eine hochgradige Gefährdung der Insassen und Mitarbeiter durch Schimmelsporen. Die Gesundheit der Menschen ist uns so wichtig, verstehen Sie? Guten Tag."

Das musste mal gesagt werden, fand Brockmann, es war ein Abgang nach seinem Geschmack. Frau von der Aue lächelte beim Hinausgehen, sogar das hatte er geschafft.

„Manchmal ist es auch ganz erfrischend, mit einem Macho unterwegs zu sein", sagte sie. „Wo reden wir?"

„Ich verstehe nicht, was Sie meinen. Ich schlage vor, wir vertagen unser Gespräch auf morgen, wenn vielleicht neue Ergebnisse der KT und der Obduktion vorliegen. Wir lassen unsere Eindrücke ein wenig sacken, Frau von der Aue, und Neuer geht auf Under-Cover-Einsatz in Laboe. Alle einverstanden?"

„Nein, Herr Brockmann, ich widerspreche Ihnen ungern, aber ich habe ziemlichen Hunger, und wenn Herr Neuer sowieso noch Termine hat in der Gegend – lassen Sie uns doch eine Kleinigkeit essen im *Dünenkind*, in den Dünen dieses Naturerlebnisraums am Rande von Laboe. Ich war noch nicht da, habe aber schon viel Gutes von dem Lokal gehört. Ist auch ganz in der Nähe unserer Betonleiche."

Frau von der Aue war richtig aufgetaut. Brockmann hatte das Gefühl, ihm könnte eine neue Karriere bevorstehen: als Frauenversteher.

„Das ist doch ein toller Vorschlag", sagte er und lächelte sein herzlichstes Lächeln.

14 : Haus am Meer

Das Lokal *Dünenkind* hatte eine konkurrenzlose Lage; dort, wo vor vielen Jahren aus einem Campingplatzgelände ein "Naturerlebnisraum" geworden war, lag das Reetdachhaus, das ehemalige Zentralgebäude des Platzes, etwas versteckt hinter einer Düne, mit wunderschönem Meerblick. Es störte einerseits den wild-natürlichen Charakter des Umfeldes kaum, steigerte aber andererseits sicher dessen Attraktivität, vermutete Brockmann. Das Lokal war geschmackvoll eingerichtet, zwar durchaus mit maritimer Atmosphäre, aber weit weg von dieser Haifischbar-Romantik, wie man sie in vielen Lokalen an der Küste fand. Die Frau hinter dem Tresen musterte sie distanziert, aber freundlich. Die ist der Boss, dachte Brockmann, die bewegt sich wie jemand, der sich total sicher im eigenen Revier fühlt, der wie selbstverständlich weiß, wo es langgeht. Mit der kann man sicher Pferde stehlen, wenn man der Richtige ist. Sie war groß und schlank, mit blonden, kurzen Haaren und grauen Augen, zu denen ihr Lächeln nicht immer vordrang. Borowski war etwas verwirrt; solche Herzkino-Gedanken waren ihm sonst eigentlich eher fremd.

„Ihr wollt sicher nach draußen bei dem Wetter." Sie strich sich eine vorwitzige Haarsträhne nach hinten. „Sucht euch schon mal einen Platz, ich komm gleich raus zu euch", sagte sie.

Sie gingen durch das Lokal auf die durch Glas vor dem Wind geschützte Terrasse, vielleicht 20 Meter entfernt vom leicht unruhigen, leuchtend türkisfarbenen Meer entfernt. Dies war das Revier der Kite-Surfer, die hier im flachen Wasser ideale Bedingungen für ihren Sport vorfanden.

„Atemberaubend", sagte Brockmann leicht ironisch, aber die Augen der Psychologin leuchteten.

„Ja, nicht wahr, das ist wirklich rasant, dieses Tempo, dieser direkte Kontakt, diese körperliche Auseinandersetzung mit Wind und Wellen …"

„Im nächsten Leben vielleicht", sagte Brockmann.

„So lange werde ich nicht warten. Ich habe für meinen Sommerurlaub einen Kurs gebucht, allerdings nicht hier, sondern in San Sebastian. Ich hab' es gern mal ein bisschen warm. Aber wenn ich erst fit bin, werde ich hier durch die Wellen zischen. Und was ist mit Ihnen, Herr Neuer?"

Neuer schaute in die Ferne und träumte offensichtlich vor sich hin.

„Herr Neuer, Sie grübeln sicher noch über den Besuch eben bei Franz Witteck nach. Das kann ich verstehen; aber Sie müssen das auch hinter sich lassen können und sich – wie Klischee-Psychologen sagen würden - für das Jetzt und Hier öffnen. Ich hatte Sie gefragt, was Sie vom Kitesurfen halten."

Die Psychologin war sehr geduldig mit Neuer, und einfühlsam dazu. Schade, dass sie gar keine Ahnung hatte, was bei dem gerade abging.

Neuer lachte verlegen.

„Ehrlich gesagt, wusste ich bis gestern nicht einmal, dass es so etwas gibt. Macht aber bestimmt Spaß."

Brav geantwortet, dachte Brockmann. Frau von der Aue war Feuer und Flamme:

„Ja. Hier hat das Kitesurfen innerhalb weniger Jahre das normale Surfen mit Segel und Surfbrett fast völlig verdrängt. Es ist weniger aufwändig, leichter zu lernen und …"

Wie auf Stichwort kam ein Surfer mit vollem Tempo heran, verlangsamte sein Tempo, und wie von

Zauberhand umgelenkt, schoss er in der Gegenrichtung wieder davon.

„So spielerisch seine Richtung komplett zu wechseln, das könnte ich mir auch wünschen", sagte Neuer.

„Was darf ich euch bringen?"

Die Wirtin, war an ihren Tisch gekommen.

„Sagen Sie, Frau Wirtin, kennen wir uns irgendwoher?", fragte Brockmann, selbst überrascht von der Frage.

„Nein, wüsste ich nicht. Elsa Martin, mein Name."

Sie hatte eine ruhige, etwas tiefere Stimme und lächelte ihn an, wie eine Frau, die die Anmache erkennt, aber - nicht übelnimmt.

„Also? Unsere Spezialität ist natürlich Fisch in jeder Form, und unsere Bratkartoffeln sind an der ganzen Förde berühmt, wenn ich das mal so bescheiden sagen darf."

Brockmann bestellte saure Bratheringe, natürlich mit Bratkartoffeln, Neuer verzichtete, weil er später essen wollte, und Frau von der Aue wollte sich an eine frische Scholle mit Speck heranwagen. Vom modernen Diät- und Schlankheitswahn ist die jedenfalls weit entfernt, dachte Brockmann. Langsam begann die neue Psychologin, ihm zu gefallen.

„Bis das Essen kommt, können wir ja noch einmal kurz reden über Witteck", meinte Brockmann. „Was halten Sie von der Sache?"

„Tja, das war schon seltsam. Wir haben bei Witteck offensichtlich mehrere Probleme, die sich überlagern: eine frühzeitige Altersdemenz oder Alzheimer, in Wechselwirkung damit – oder auch unabhängig davon – eine massive Altersdepression, und dann scheint Witteck auch noch traumatisiert zu sein, und auch ein solches Trauma kann übrigens die Störungen hervorrufen oder verschärfen, die wir bei ihm beobachtet haben. Na ja, und dann noch die aktuelle unerklärliche Unruhe, von der die Heimleiterin sprach …"

„Und es scheint ja so zu sein, dass dieses Trauma verknüpft ist mit unserem verschwundenen oder nicht verschwundenen Salva Baggio."

„Ja, ganz richtig, Herr Neuer. Seine Reaktion zeigt, dass wir die Spur der glorreichen Vier weiter verfolgen sollten. Ich könnte ein Gespräch mit Wittecks Frau in Süddeutschland führen, und Sie befragen noch einmal die beiden anderen."

„Vielleicht handelt es sich bei den glorreichen Vier auch eher um ein Rat Pack – wie damals Sinatra und seine Sängerbande in Vegas, die in Wahrheit wohl Mafia-Dreck ohne Ende am Stecken hatten. Ich habe ein seltsames Gefühl bei den Herren."

„Oh, Herr Brockmann, bemerkenswert, dass Sie bei dieser Ermittlung Gefühle entwickeln; ich dachte, Sie wären ein sehr nüchtern-rationaler Typ." Frau von der Aue lächelte.

„Auch Psychologinnen sollten nie auslernen! Vielleicht profitiert Herr Brockmann ja auch von der Zusammenarbeit mit einem Emo-Typen wie mir." Das war jetzt Neuer. Er lächelte. Die Seeluft schien ihm gut zu tun.

„Bekommen Sie die Bratkartoffeln und den Fisch?" Ein spilleriges, hochgeschossenes blondes Mädchen von vielleicht 10 Jahren kam auf die Terrasse geschleudert, in jeder Hand einen Riesenteller. Sie stellte die erste Runde Teller ab und kam vertraulich näher.

„Verraten Sie mich nicht bei der Polizei, von wegen Kinderarbeit und so. Es macht so einen Spaß, Mama zu helfen, wenn die Schule aus ist."

„Na, Kaja, wieder mal Schwarzarbeit?" Von der Tür dröhnte die Stimme des Ortspolizisten Althoff. „Mach man weiter so, bist `ne nette Deern. – Und bring mir ein großes Bier; gegessen habe ich heute leider schon genug."

Neuer stand auf.

„Sie können meinen Platz haben, Herr Althoff; ich muss los."

Der ließ sich nicht lange bitten.

„Ich bin neugierig. Stellen Sie mich vor, Herr Brockmann", sagte er mit Blick auf die Psychologin, „und bringen mich auf den neusten Stand?"

„Natürlich, Herr Kriminalrat. Sie sprechen mit unserer Kriminalpsychologin, Frau Ute von der Aue. Es ist egal, was Sie sagen, sie durchschaut Sie sowieso. Über die Ermittlungen reden wir später; jetzt wird erstmal gegessen."

Das konnte Althoff nicht aus der Bahn werfen. .

„Na gut. Sie haben sich hier jedenfalls eine Perle von Lokal, einen Geheimtipp ausgesucht. Das *Dünenkind* liegt etwas versteckt hier hinter der Düne, aber die Küche von Elsa Martin ist ein Gedicht, und preiswert noch dazu. Sie hat das Lokal vor 10 Jahren, glaube ich, renoviert und auf Vordermann gebracht, sozusagen. Hat ein gutes Händchen mit den Gästen. Viele aus dem Appartementhaus *Seegard* kommen hierher zum Essen, und ihre kleine Kaja wird mal ein hinreißendes Mädchen. Sie ist übrigens das "Dünenkind", das dem Lokal seinen Namen gab; Elsa bekam sie in dem Jahr, in dem sie das hier übernahm."

„Sie mögen mich ja nur, weil ich Ihnen immer so schnell das Bier bringe", krähte Kaja, die gerade mit dem Bier um die Ecke kam.

Wirklich nett hier, dachte Brockmann. Wenn ich Neuer wäre, würde ich mit meiner Flamme auch hierher gehen.

„Bringst du mir auch ein Bier?", sagte er.

„Up dat uns dat wohl gaa op unsre olen Dage", dröhnte Althoff, lächelte in die Runde und nahm einen ordentlichen Schluck.

15: *Rendezvous mit Hindernissen*

Theo Neuer hat ein leicht mulmiges Gefühl. Im Festtrubel der Kieler Woche, mit jeder Menge Alkohol im Kopf und einem Kollegen als Stütze mit einer Frau zu flirten, das ist das Eine; alleine zu einem Spätkaffee-Rendezvous zu gehen, das ist eine ganz andere Geschichte. Oft genug hat er sich schwer getan wegen seiner Neigung zu introvertierter Schweigsamkeit; Small Talk hat auch er zu Hause nicht gelernt, und manchmal findet er die Brücke nicht zu den anderen, fühlt sich wie abgeschnitten, gerade in letzter Zeit. Aber mit Lisa kann es anders sein, das fühlt er.

Aber es ist eigentlich noch viel zu früh. Er geht vom *Dünenkind* aus ein Stück Richtung Stein am Strand entlang. Die meisten der Strandgäste, die wohl vor allem von den Campingplätzen oberhalb der Steilküste kommen oder zu denen gehören, die keine Strandgebühr in Laboe zahlen wollen, sind dabei, ihre Windschutz-Muscheln einzupacken, die sie am Nachmittag vor dem auffrischenden Seewind geschützt haben; nur wenige sieht man noch im Wasser, weit vom Strand entfernt, fast schon an der Fahrrinne nach seinem Eindruck, weil wegen der vorgelagerten Sandbänke das Wasser bis weit vor der Strandlinie zu flach zum Schwimmen ist. Kurz vor dem kleinen Badeort Stein verlässt er den Strand und setzt sich auf eine Bank am Küstenweg, hinter der Mohn und Kornblumen im Weizen blühen. Ein junger Mann mit roten Locken sitzt schon da, ungewöhnlich, findet Neuer, sitzen junge Burschen heute auf Bänken wie alte Männer? Na ja, er selbst tut es ja auch. Manchmal ist es einfach Zeit dafür.

„Guten Tag", begrüßt er seinen Banknachbarn, „stört es Sie, wenn ich hier einen Moment sitze?"

„Nein, nein, das passt schon; ich habe eine Verabredung und bin ein bisschen früh dran."

„Sehen Sie, so geht es mir auch. Danke."

Am fast leeren Strand nähert sich ein Vater mit seinem kleinen Sohn, vielleicht fünf Jahre alt, der offensichtlich noch sehr unternehmungslustig ist.

„Was machen wir, Papa, Drachen steigen oder Fußball?" hört man ihn rufen. Offensichtlich soll zuerst Fußball gespielt werden; der Junge fängt jedenfalls sehr geschäftig an, das Spielfeld zu markieren.

„Und wie machen wir die Tore?"

Der Vater holt Äste herbei, die sie in den Sand stecken, und dann geht es los, mit Feuereifer.

Neuer schaut gerne zu, er hat auch seit seiner frühesten Kindheit Fußball gespielt, allerdings meist auf der Straße, mit Spielkameraden. Auch sein Banknachbar schaut dem Treiben zu, fast andächtig, wie versunken.

„Das war ein doller Schuss, Papa, oder? So richtig doll, und du hattest keine Schance, ne?" Der Kleine ist anderthalb Mann, voller Begeisterung über sich selbst, bis er mit seinem leichten Schuh gegen einen Stein tritt. Tränen, Tränen, aber der Vater nimmt ihn in den Arm und tröstet ihn und wiegt ihn hin und her, bis der Kleine wieder runter will.

„Weißt du was, Papa, das war gar nicht so schlimm. Wollen wir jetzt Drachen steigen lassen?"

Die beiden ziehen ein Stück weiter, und Neuer sagt: „Das gibt es noch, Väter, die Zeit für ihre Söhne haben."

„Ich hatte auch so einen. Das war ein großes, großes Glück", sagt der junge Mann.

Neuer fragt nicht nach. Er wird erzählen, wenn ihm danach ist.

„Ich habe ihn verloren, vor langer Zeit. Das kann ich einfach nicht vergessen", sagt der Junge, mehr zu sich

selbst als zu Neuer. Dann steht er auf und geht ohne
Abschied Richtung Laboe.

Neuer folgt ihm wenig später, es wird Zeit für Lisa. Er
versucht, das traurige Erlebnis aus dem Kopf zu
bekommen; das war keine optimale Vorbereitung für ein
spritzig-fröhliches Rendezvous.

Als er zum Haus *Seegard* mit seinem grünen Dach
kommt, sieht er sie schon am Fenster sitzen. Sie winkt
ihm fröhlich zu.

„Komm einfach hoch, ich mach die Türen auf. Pass auf,
dass du nichts von den Schwalben abkriegst."

 In der Tat fliegen Dutzende von Schwalben um das
Gebäude herum, ständig zwitschernd, nur kurz bei ihren
Nestern unter dem Dachüberstand des Gebäudes Station
machend, um die Jungen zu füttern. Das soll Glück bringen, denkt Neuer. Wäre nicht schlecht.

Lisa lässt ihn eintreten und schickt ihn zur offenen Tür
vor dem französischen Balkon des Wohnzimmers, einem
einfachen Geländer, vor dem zwei Stühle stehen. Neuer
fällt das Sparprogramm ein, von dem Rober gesprochen
hat, dem Verzicht auf reguläre Balkons, aber irgendwie
stört das gar nicht. Das Zimmer ist einerseits sachlich-
modern und sparsam, andererseits aber durchaus
gemütlich eingerichtet, ein Kunststück bei diesem doch
relativ kleinen Raum, in den auch eine Küchenzeile mit
Esstisch integriert ist; die Farbe Hellgrau dominiert durch
die Sitzgruppe und das Aluminium-Regal mit dem
Fernseher, ein großes buntes expressionistisches Bild und
rote Decken und Kissen setzen farbige Akzente.

Auf dem Regal steht eine kleine orange Blechfigur, ein
König, der die Arme an den kugelförmigen Leib gelegt
hat, mit dünnen Beinchen und einem eiförmigen Kopf,
dem die Krone fast zu schwer zu sein scheint. Er guckt

irgendwie erstaunt, aber auch unerschütterlich in die Welt.

„Dein König ist nicht gerade ein hochwürdiger Machtprotz, oder?"

„Ich kannte das Wort bisher nicht, aber ich weiß, was du meinst. Hochwürdige Machtprotze mag ich auch nicht so."

Sie lässt ihn auch einen Blick ins Schlafzimmer werfen; ihm fällt der große Spiegel schräg gegenüber dem Bett auf.

„Für Sexspiele hängt der nicht optimal", fährt ihm heraus. Fast schon so peinlich wie der olle Schleth, denkt er.

Gott sei Dank lächelt sie.

„Nein, weißt du, ich habe ihn so gehängt, dass ich vom Bett aus das Meer sehen kann. Ist doch toll, oder?"

Zurück im Wohnzimmer führt sie ihn zu den Stühlen am offenen Fenster.

„Hier ist ein Lieblingsplatz von mir", sagt Lisa lächelnd, „setz dich doch. Ich habe mir gerade einen Secco einge-schenkt, ich hatte keine Lust mehr auf Kaffee, aber ich mach dir gerne noch welchen."

„Ja, ich nehm' gerne noch einen Kaffee. Aber jetzt muss ich erstmal deinen Blick genießen."

Die Förde liegt vor ihm, mit dem gegenüberliegenden Ufer, mit Schilksee und Strande, und dem offenen Meer jenseits des Bülker Leuchtturms. Eine flache, weißblaue Fähre läuft gerade ein und fährt vorsichtig durch die letzten Segelboote des Tages.

„Und du kommst gerade recht für meine Lieblingsfähre: Ich finde die *Lisco Gloria* einmalig elegant, sie kommt aus Klaipeda in Litauen und bringt Laster, Trailer und Container zum Ostuferhafen."

„Kennst dich gut aus."

Sie reicht ihm ein Glas.

„Prost, auf die schönste Förde der Welt!" Sie nimmt einen Schluck. „Ich muss dir was verraten: Seitdem ich hier ein Appartement habe, bin ich für andere Meeresküsten verdorben bis ans Ende meiner Tage. Hier auf der Förde ist so viel los mit Schiffen, mit Seglern, mit Fähren, mit U-Booten, immer, auch die Nacht hindurch, man hat hier Anteil am Getriebe der Welt. Hier habe ich gesehen, wie der Welthandel immer mehr wächst, wie die Container-Schiffe immer größer werden, na ja, und den Absturz 2008/2009 und das langsame Erholen – das kannst du hier alles sehen. Wenn ich mal schlapp bin und durchhäng' – hier tank ich Energie. Dem kannst du dich nicht entziehen, das sag ich dir. Ich war mal in Heiligendamm in Meck-Pomm, so erholsam, aber kein Schiff am Horizont, das war vielleicht langweilig! Und dann: wenn ich die Schiffe hier rausfahren seh, weiß ich immer: Lisa, wenn du mal irgendwie die Nase voll hast, kannst du sofort weg. Hier ist immer ein Aufbruch möglich, Theo."

Sie kann sich so begeistern, denkt er; sie plaudert munter drauf los mit mir, als wenn ich schon ewig ihr Freund bin. Schon wieder das Gefühl wie gestern, bei ihr irgendwie nach Haus zu kommen.

„Das muss dir doch auch gefallen; du warst doch bei der Wasser- und Schifffahrtsdirektion, richtig?"

„Ja, es gefällt mir sehr", sagt er, „und nein, ich bin nicht bei der Schifffahrtsverwaltung. Das war ein Missverständnis gestern. Weißt du, ich bin Polizist, bei der Mordkommission, seit 2 Tagen in Kiel, vorher in Elmshorn."

„Das hätte ich nicht gedacht. Gerade dein Kumpel machte so einen gemütlichen Eindruck."

Sie macht einen Moment Pause.

„Sag mal, ermittelst du im Fall dieser Betonleiche hier? Hast du mich deshalb angebaggert? Das ist ja wohl ein Ding."

Eine tiefe Falte erscheint auf ihrer Stirn.

„Nein, nein. Ich fand dich doch schon nett, bevor du gesagt hast, dass du in diesem Appartementhaus wohnst. Du kannst natürlich kritisieren, dass ich nicht gleich offen gesagt habe, was wir machen, aber weißt du, Frauen, die man gerade 5 Minuten kennt, unseren Job – und am besten noch unseren aktuellen Fall – auf die Nase zu binden, das wollte ich nicht, und das kannst du auch nicht ernsthaft von mir erwarten."

Er muss einmal Luft holen. Ich darf das jetzt nicht vermasseln, denkt er.

„Lisa, das ist hier keine Under-Cover-Aktion mit Theo Neuer, dem coolen, undurchschaubaren Cop in der Hauptrolle."

„Du, ich muss das erstmal sacken lassen. Auf jeden Fall dank ich dir für deine Offenheit jetzt. Wollen wir mal ein Stück laufen? Ich hab gemerkt, dass ich eben glatt aufgehört habe zu atmen."

Sie lächelt plötzlich. Wie schnell und spontan sich ihre Stimmung verändert, denkt Neuer.

„Weißt du, mit diesem Aufhören zu atmen, das ist für mich so eine Art geflügeltes Wort geworden. In meinem letzten vierten Schuljahr hatte ich einen Schüler, Rocco, eine absolute Nervensäge, der nie die Klappe halten konnte, und aus irgendeinem Grund war im Gespräch, dass ich die Klasse abgeben sollte. Da stand er auf und sagte mit dramatischem Gesicht: „Frau Schilling, wenn Sie uns verlassen, dann höre ich einfach auf zu atmen.' Ich hätte fast geheult, das kann ich dir sagen."

„Du, wenn es um Heulen geht, da kann ich locker mithalten", versucht Neuer seine Rührung zu überspielen,

„aber ich glaube, mit dem Spaziergang ist das wirklich eine gute Idee. Und du bist nicht mit einem Cop unterwegs, sondern mit einem Kerl, der nur gerade die Ostsee kennenlernen will – und dich, wenn er Glück hat."

„Na, dann los. Wir können ja Richtung Steilküste gehen und anschließend bei Elsa Martin im *Dünenkind* eine Kleinigkeit essen."

Sie bewegen sich erst einmal wieder auf sicherem Grund.

Auf dem Weg am Strand entlang gehen sie nebeneinander, Neuer die Hände in den Taschen. Das sieht verlegen aus, denkt er, aber ich bin auch nicht ganz unbefangen. Warum eigentlich? Ich könnte doch einfach ihre Hand nehmen.

„Schau, hier, in diesem wilden Dünen-Schilf-Busch-Gelände war mal ein Campingplatz. Jetzt ist das ein „Naturerlebnisraum", das heißt, es ist einer der wenigen größeren Bereiche an der Küste, der nicht genutzt ist und in dem man sich frei bewegen kann. So viel von der Sorte gibt es an der Förde nicht mehr. Aber egal. Bei Ausflügen ist das immer ein tolles Gelände für die Kinder, und da hinten ist auch noch eine Ausstellung, in der man alles über die Küste lernen kann."

Sie ist jetzt ganz Fremdenführerin, schon wieder Feuer und Flamme.

„Und da vorne ist ein Strandsee, den der Sand irgendwann mit einem Strandwall abgetrennt hat von der Ostsee. Die Strömung und der Sandtransport hatten sich geändert, nachdem wegen des U-Boots ein Teil Meeresgrund ausgebaggert worden war. Das ist jetzt auch ein kleines Naturparadies, abgesperrt und geschützt, und das Tolle ist, die Vögel kapieren das, die Möwen, die Seeschwalben, die Wildgänse, dass sie da geschützt sind und brüten können und ihre Jungen aufziehen oder nur Ruhe finden."

„Ich muss dich mal was ganz anderes fragen. Wie kommt es eigentlich, dass du keinen Kerl hast?"
Sie lacht.
„Wer sagt denn, dass ich keinen Kerl hab'? – Nein, Spaß beiseite. Ich hatte schon eine feste Beziehung, aber es ist nicht so einfach, sie aufrecht zu erhalten, wenn dich plötzlich aus Job-Gründen 1000 Kilometer von deinem Partner trennen. Wir sind uns fremd geworden, leider. Und nun, an der Grundschule, da wachsen die Kerle auch nicht auf Bäumen. Ich lass das Leben jetzt einfach auf mich zukommen."
Sie lächelt ihn an und nimmt seine Hand.
„Nun komm, du Holzbock. Das ist doch alles ganz einfach. Lass uns was essen gehen, ich habe einen Mordshunger." –
Nach dem wunderbaren Essen treten sie vor das Lokal und müssen sich noch einmal umschauen. Neuer sieht, dass die Kite-Surfer langsam zurückkehren und ihre Drachen auf den Strand bringen, um sie dann zusammenzulegen. Die Möwen machen dagegen plötzlich ordentlich Krakeel, viele fliegen auf.
„Da hat wieder irgend so ein Idiot die Sperrzäune nicht beachtet", sagt Lisa, „sieh mal, da läuft er, da hinten, Richtung Ehrenmal."
Neuer sieht in der Tat im Gegenlicht eine Gestalt schnell davonlaufen. Der läuft wie ein ganz junger Mann, denkt er. Dann verliert er ihn aus den Augen.
„So was passiert natürlich immer dann, wenn man das einmalige Miteinander von Mensch und Natur präsentieren will", sagt Lisa. Sie kann sich offensichtlich nicht lange die Laune verderben lassen.
Sie kommen zu einer Bank, direkt oberhalb des Strandes, in der Nähe des *Dünenkinds*.
Sie stellt sich ihm in den Weg.

„Meinen Lieblingsbalkon und meine Lieblingsfähre hast du schon kennengelernt, hier muss ich dir noch meine Lieblingsbank zeigen. Komm, lass uns mal sitzen."

Von der Bank aus hat man einen Blick auf die freie Ostsee. Als wenn hier auch der Himmel weiter und höher wird, denkt er. Die Wolkenriesen veranstalten ein großes Abendtheater, zusammen mit den Kondensstreifen der Flugzeuge, und man sieht die Schiffe von weither kommen, Richtung Kiel Leuchtturm; es sieht so aus, als wenn sie auf der Horizontlinie entlang balancieren, immer in Gefahr, einfach abzustürzen. So hat er als kleiner Junge seine Schiffe gemalt; witzig, dass es tatsächlich so aussehen kann.

„Siehst du, dass das Wasser sich weit zurückgezogen hat?", sagt Lisa. „Das sieht dann ein bisschen aus wie das Watt an der Nordseeküste. Diese Sandbänke, freigegeben durch den Westwind und die schwache Ebbe, die wir hier auch haben, verändern sich dauernd, aber das Spiel von Wind und Wellen bleibt immer gleich."

„Ja, ja, so wie das Leben, oder? Man kann so viel von dir lernen, Lisa Schilling."

Er grinst sie an.

„Aber Schiller sagt auch: *Es kommen Fälle vor im Menschenleben, wo's Weisheit ist, nicht allzu weise zu sein.*"

„Mensch, ich versuch, unserem Zusammensein etwas Tiefgang zu geben, und du gibst einfach Widerworte. Pass auf, ich schubs dich gleich von der Bank. Und: die Lektion ist noch nicht zu Ende. Eins muss ich noch loswerden. Siehst du die Möwen hier vorne, die aussehen, als wenn sie Aqua Gym machen? Hier mündet eine Au aus dem Passader See, und die Möwen waschen ihr Gefieder im Süßwasser. Das ist nicht nur für mich ein Lieblingsplatz; hier ist den ganzen Tag was los. Und wenn wir noch etwas warten, können wir die Meeräschen sehen, große Fische, so groß, also 40 – 50 Zentimeter lang, die kommen an Sommerabenden ganz in die Nähe des Strandes, und es sieht aus, als ob sie spielen."

Neuer spürt jetzt bei dem Rauschen plötzlich seine Blase, stark und schmerzhaft. Das ist die letzten Tage immer schlimmer geworden, fällt ihm ein. Er hat das wegen der Aufregung um seinen Neuanfang in Kiel nicht weiter beachtet.

„Du, es ist mir peinlich, aber ich muss einmal kurz verschwinden."

„Mach das. Ich sitze hier ja gut."

Neuer sieht zu, dass er einen Platz am Strand findet, der nicht so krass einsehbar ist, Richtung Steilküste. Es schmerzt beim Pinkeln. Für Prostata-Beschwerden ist er doch eigentlich zu jung.

Als er sich umwendet, sieht er etwas in einiger Entfernung am Strand am Rande der Steine liegen, die hier als Wellenbrecher die Steilküste schützen. Er geht näher heran. Da liegt ein Mensch, seltsam verrenkt, mit blutigem Kopf. Er kennt diesen Menschen. Es ist der Bauunternehmer Wöhlkamp.

Er wählt die Dienststellen-Nummer. Adele ist noch da.

„Adele, schicken Sie bitte einen Notarzt zur Steilküste beim Lokal *Dünenkind* zwischen Laboe und Stein, und geben Sie mir Brockmann."

16: *An der Steilküste*

Neuer kletterte auf die Steine und fühlte den Puls an der Halsschlagader Wöhlkamps. Es war ihm so, als wenn noch ein ganz schwacher Puls zu merken war. Er lebt, dachte er, Gott sei Dank, er lebt.

Lisa war näher an das für sie rätselhafte Geschehen herangetreten.

Er blieb bei Wöhlkamp sitzen, hielt seine Hand und redete auf ihn ein, obwohl er keine Lebenszeichen von sich gab. Die Sonne ging langsam unter auf der gegenüberliegenden Seite, goldenen Glanz um sich herum, die Schwedenfähre war majestätisch vorbeigezogen auf dem Weg nach Göteborg, der Wind war eingeschlafen, und Neuer versuchte den dünnen Faden, der den anderen Mann noch mit dem Leben verband, festzuhalten.

Lisa stand in der Nähe, stumm, jederzeit bereit, Neuer zu helfen; die Strandgänger, die ebenfalls stehengeblieben waren, sich aber auch sehr zurückhielten, beachtete sie nicht.

Nach einer gefühlten Ewigkeit traf der Krankenwagen mit dem Notarzt ein, zusammen mit Brockmann und Willi Schleth mit seinem Spurensicherungsteam.

Brockmann beobachtete die professionelle Arbeit der Nothelfer, die Wöhlkamp erstversorgten und ihn dann mit aller Vorsicht abtransportierten.

„Können Sie schon etwas sagen, Doktor?"

Der Doktor war jung, höchstens Ende 20.

Die werden auch immer jünger, dachte Brockmann. Kann man so einem jungen Dachs solche schweren Aufgaben anvertrauen?

Der Arzt sprach schnell, aber absolut ruhig und sachlich.

„Ja, der Mann scheint von der Steilküste gestürzt zu sein; Fremdeinwirkung kann ich weder bestätigen noch ausschließen. Dazu müsste er genauer untersucht werden, auf Hämotome hin und so weiter. Jedenfalls hat er mehrere Knochenbrüche, nicht lebensgefährlich, aber der Kopf ist schwer verletzt. Der Schädelknochen scheint etwas abbekommen zu haben, und ein Schädel-Hirn-Trauma kommt sicher dazu. Herr Neuer hat alles richtig gemacht, und wir werden alles tun, um den Mann zu retten. Wir fahren ihn jetzt in die UNI-Klinik; rufen Sie dort morgen an. Die werden sicher auch Professor Schneider von der Gerichtsmedizin hinzuziehen. OK, bis dann!"

Brockmann sah dem Krankenwagen nach, der mit Blaulicht, aber ohne Martinshorn abfuhr.

„Wo ist Neuer?", fragte er Schleth, der mit seinem Team Scheinwerfer aufstellte, für die Tatortuntersuchung, nachdem er zusammen mit Polizeihauptmeister Paul Althoff den Strand abgesperrt hatte.

„Der ist kurz ein Stück weggegangen", sagte eine kleine, kräftige Frau ernst. „Er hat sich die ganze Zeit um Herrn Wöhlkamp gekümmert. Lisa Schilling; ich war mit Theo am Strand."

Ach, die neue Liebe, dachte Brockmann. Sieht nett aus, kann sicher fröhlich sein, viel fröhlicher als jetzt. Könnte Neuer gut tun.

„Danke, Frau Schilling. Sie bleiben noch hier in der Nähe, nicht wahr?

In diesem Moment kam Neuer aus der Dämmerung ins Licht.

„Wo haben Sie gesteckt, Mann? War bisschen viel heute, wie?"

„Nein. Ich war pinkeln; das musste ich eigentlich schon die ganze Zeit, bin aber einfach nicht dazu gekommen."

Neuer war blass; er wirkte besorgt. Lisa Schilling ging ohne großes Aufhebens zu ihm.

„Das habe ich auch noch nicht erlebt, einen romantischen Spaziergang mit einer Frau, und dann stolpert man über eine Leiche, na ja, Fast-Leiche", sagte er.

„Das war wahrscheinlich Wöhlkamps Glück", sagte Brockmann, „ich werd' Sie gleich nach Hause schicken. Nur noch eine letzte Frage an Sie beide: Ist Ihnen irgendwas aufgefallen, bevor Sie Wöhlkamp gefunden haben? Er muss ja kurz vorher abgestürzt sein."

„Ich seh' dieses Bild mit den auffliegenden Möwen", sagte Lisa Schilling, „kurz vor Theos Fund."

„Ja, da lief ein Mann, ein junger Mann den Strand entlang durchs Schutzgebiet; wir haben uns noch geärgert."

„Das habe ich auch gesehen", sagte eine Frauenstimme aus der Gruppe der Passanten. Elsa Martin, die schöne Wirtin des *Dünenkind*, trat näher.

„Mir fiel auch das plötzliche Möwengeschrei auf; ein junger Mann rannte durch das Schutzgebiet Richtung Ehrenmal, der kann natürlich von der Steilküste gekommen sein."

„Vielen Dank, Frau Martin. Das ist doch vielleicht was. Ich meine vielleicht, weil ja noch gar nicht feststeht, ob es ein Unfall war, Selbstverschulden oder Fremdverschulden. Da müssen wir die Ergebnisse der Spurensicherung abwarten – und die der Medizinmänner. Wir kommen morgen noch einmal bei Ihnen vorbei, Frau Martin. – Und Neuer, Ihnen sage ich jetzt tschüß. Fahren Sie ihn nach Hause, Frau Schilling?"

„Nein, Herr Kommissar. Ich behalte ihn heute hier. Sehen Sie zu, dass Sie unser schönes Laboe hier nicht mehr lange stören. Unser Theo kann, glaube ich, Ruhe gebrauchen."

Lisa hakte sich bei Neuer ein und ging mit ihm Richtung Appartementhaus. Brockmann hörte noch, wie sie sagte: „Gleich kannst du noch einmal die Schwalben hören. Die sitzen jetzt in ihren Nestern und erzählen sich leise was vom Tage."

Karl Brockmann wandte sich wieder dem Geschehen am Strand zu – Unfallort oder Tatort, das war die Frage.

Brockmann war wieder am Strand, allein. Der Mond schien auf die Förde, ein leises Rauschen der kleinen Wellen, ein leichter Wind, der von Land wehte, mit allerlei Frühsommergerüchen, Blüten, Heu, auch Gülle natürlich, keine Spuren mehr von den dramatischen Ereignissen vor ein paar Stunden.

Er kletterte ein Stück die Steine entlang, die die Mündung der Au markierten, und setzte sich auf einen größeren Stein an der Spitze der natürlichen Mole.

Es war ihm plötzlich, als sei etwas in der Nähe, etwas Dunkles, Großes, direkt unter der Wasseroberfläche. Er sah genauer hin, aber abgesehen von den Sandflächen im flachen Wasser war nichts zu erkennen.

Aber sobald er den Kopf drehte, ahnte er es wieder, unter Wasser, dunkel, unheimlich und groß, und es schien nach ihm zu greifen; obwohl er nichts sah, fühlte er sich gepackt und ins Wasser gezogen, in das dunkle, undurchsichtige Wasser, und er geriet in Angst. Er hatte das Gefühl, dass dieses unaussprechliche Dunkle in ihn eindrang. Er wollte schreien, aber sein Schrei blieb stumm, er brachte keinen Ton hervor, unsagbare Panik…

Er schlug die Augen auf; er war in seinem Schlafzimmer, das im Halbdunkel der Sommernacht lag. Es war ihm, als halle ein Rest seines stummen Schreis noch durch den Raum.

Brockmann, was ist los, dachte er. Du hast doch ewig
nicht geträumt, und jetzt so einen Angstscheiß. War wohl
doch ein zu langer Tag gestern.
Er schnappte sich ein Sudoku-Heft. Sudokus waren ein
Rezept für ihn, zur Ruhe zu kommen. Das klappte ganz
gut, auch jetzt, aber irgendwo, in einer Ecke seines
Kopfes, blieb ein Rest dieses Schwarzen, Unheimlichen,
ein unbehagliches Gefühl der Bedrohung, und er musste
lange knobeln an seinen Zahlenrätseln, bis er zur Ruhe
kam. Als er einschlief, fingen schon die Vögel an zu
singen.

Mittwoch, 23.06.10

17: Dienstbesprechung

Zur Dienstbesprechung war er nicht unbedingt in Topform. Mit anderen Worten: seine Laune und seine Energie waren auf dem Tiefpunkt. Ein Hauptgrund dafür: Er konnte seine Dienstwaffe nicht finden. Und er hatte verschlafen.

Frau Kassbohm hatte bei ihm angeklopft, als er nicht zur gewohnten Zeit die Treppe hinuntergekommen war. An ein vernünftiges Frühstück war nicht zu denken; er duschte, schmierte sich schnell einen Honigtoast zu seinem Kaffee aus der für ihn neuartigen Kaffee-Pad-Maschine, die ihm seine Ex und seine Tochter geschenkt hatten, und lief mit wehendem Sommermantel zum Auto. Obwohl er keine Sekunde langsamer war als sonst im dickflüssigen Kieler Straßenverkehr und obwohl der Frühsommer der Kieler Woche einen weiteren schönen Sonnentag spendierte, fluchte er leise vor sich hin. Die Sache mit seiner Dienstwaffe war ihm äußerst unbehaglich. Hatte er sie gestern in Laboe beim Klettern zwischen den Steinen verloren? Er wollte sich dort erst noch einmal umsehen, bevor er alle Pferde wild machte.

Alle waren schon da, als er den Besprechungsraum betrat. Missfeldt saß unbeweglich auf seinem Stuhl, wollte cool wirken wie immer, aber Anspannung und Neugier waren ihm deutlich anzusehen; Willi Schleth blätterte in seinen Akten, die Psychologin schaute seinen Auftritt mit professioneller Nachsicht an, Adele machte sich an der Kaffeemaschine zu schaffen – unter Spannungen im Team litt sie immer am meisten; Neuer fehlte.

„Guten Morgen, Herr Brockmann." Missfeldt versuchte nur halbherzig, den tadelnden Ton in seiner Stimme zu verbergen. „Schönen Gruß von Herrn Neuer, er hat sich erst einmal zum Arzt abgemeldet. Dann können wir ja endlich beginnen. Lassen Sie mich etwas vorausschicken: Die Presse hat von dem Vorkommnis an der Steilküste schon Wind bekommen und geht nicht sehr behutsam mit der Sache um. Schauen Sie hier: *Laboe: Sturz von der Steilküste - Bekannter Bauunternehmer im Koma – War es der Todesengel mit den roten Locken?.* Sie können sich denken, dass die Aufregung groß ist, vor allem auch beim Laboer Bürgermeister, der heute Morgen schon angerufen und Druck gemacht hat. Das einzig Gute ist, dass die Medien noch keine Verbindung zwischen der Betonleiche und dem Steilküstensturz herstellen. Aber egal – wir stehen ab heute unter Druck. Wir werden heute auch noch eine Presseerklärung herausgeben müssen, Karl. Was gibt es von Ihrer Seite Neues, meine Damen und Herren?"

Ute von der Aue stand auf und ging an das White Board, eine Errungenschaft der letzten Wochen, mit der Missfeldt das Gefühl hatte, an der Spitze des kommunikativen Fortschritts zu stehen.

„Ich habe versucht, die Zeit zu nutzen mit einer Gedankenlandkarte, mit einer Mind Map, zu unserem Fall. Sie wissen ja: Ein Bild sagt mehr als 1000 Worte."

„Können Sie zur Sache kommen?" Brockmann ging das schlaue Gerede auf den Zeiger, vor allem, weil die Darstellung gut war, weil sie die Klarheiten und vielen Fragezeichen des Falles klar aufzeigte.

„Ich bin mitten in der Sache, Herr Brockmann. Die Darstellung spricht für sich, und sie greift sogar auf Ihre Hypothesen zurück, nämlich dass der Tote Italiener ist und Baggio heißt und dass die Gruppe von lebenslustigen

Immobilien-Unternehmern aus Laboe in den Fall verwickelt ist."

„Sie haben eben das entscheidende Wort gebraucht: Hypothesen. Wir stochern im Nebel und kommen nicht voran. Keiner aus dieser Laienspielerschar schafft es, den Toten glasklar zu identifizieren, es gibt sogar Indizien, dass es nicht Baggio ist, seinen Gruß aus Italien nämlich, - hat sich eigentlich schon jemand darum gekümmert, den zu verifizieren? Nein, natürlich nicht", Brockmann blickte zu Adele hinüber, die immer unglücklicher aussah, „ wir haben noch keine Todesursache, und jetzt fallen auch noch wichtige Zeugen wie unser lieber Herbert Wöhlkamp die Steilküste runter – oder werden runtergestürzt – noch so ein Fragezeichen. Wenn Sie mich fragen, Chef – total verfahren, die Kiste. Wir sollten Beton drüberschütten und uns aktuellen Problemen zuwenden – den Taschendiebstählen auf der Kieler Woche zum Beispiel. Da könnte unsere Psychologin Fräulein von der Schlaue vielleicht mal ein Präventionsplakat entwickeln – ein Bild sagt mehr als 1000 Worte!"

Brockmann schob den Stuhl vom Tisch weg, lehnte sich zurück und verschränkte die Arme vor der Brust.

Es war kurze Zeit ganz still. Dann sprang Adele auf und lief hinaus, sie schien den Tränen nahe zu sein. Die anderen, einschließlich Missfeldt, sahen irgendwohin, auf den Tisch, in ihre Unterlagen.

Auch Willi Schleth war verlegen.

„Nu lass mal gut sein, Karl. Wir können nichts dafür, wenn du auf gut Deutsch schlecht geschissen hast."

An der Psychologin war sowieso alles abgeperlt.

„Ach, Herr Brockmann, ich will diesen Ausbruch nicht weiter kommentieren", sagte sie ungerührt. „Sie haben das Team mal wieder so richtig motiviert.

Wenn Sie mir schon den schönen Namen Fräulein Schlau verpassen, dann lassen Sie mich jetzt auch kurz den Ermittlungsstand mit meinen Worten darstellen:

1. Die Hypothese Baggio ist plausibel. Wir sollten weiter auf sie setzen. Wenn Sie Frau Fischer nicht aus dem Raum geekelt hätten, hätte Sie Ihnen nämlich sagen können, dass in der fraglichen Zeit zumindest im Raum Kiel keine Personen vermisst werden. Sie ist gerade dabei, ein authentisches Schriftzeugnis von Baggio anzufordern, vom Bauamt bzw. vom Finanzamt, und hat schon einen Graphologen kontaktiert, der die Karte begutachten soll. Und Ihre geheimnisvollen Informanten, Herr Brockmann, bestätigen doch genau so die Baggio-Spur.

2. Die Hypothese „Fantastische Vier" ist plausibel. Wir können hier sehen, dass die drei deutschen Mitglieder der Gruppe nach Baggios Verschwinden mehr oder weniger aus der Bahn geworfen wirken – und: seit dem Fund der Leiche und unseren Ermittlungen sind Dinge im Zusammenhang mit den 4 in Bewegung gekommen. Irgendjemand taucht möglicherweise bei Witteck im Pflegeheim auf und bringt ihn in Unruhe, und irgendjemand, möglicherweise ein junger Mann, trifft sich mit Wöhlkamp, und am Ende liegt der halbtot am Fuß der Steilküste.

3. Es wird Zeit, Herr Brockmann, dass Sie den Ermittlungen jetzt weitere Ziele setzen – wir sind auf der richtigen Spur."

„Danke, Frau von der Aue, für die Kopfwäsche. Es tut mir leid, dass ich meine schlechte Laune an Ihnen allen ausgelassen habe. Und nochmal Dank für die

Zusammenfassung der Ermittlungen. Das hätte ich kaum besser machen können."

Sie war gut, aber diesen kleinen Dämpfer hatte sie verdient, fand er.

„Wie geht es aus eurer Sicht weiter?"

Brockmann schaute in die Runde, schon deutlich gelassener und offener. Fehler einzusehen und einzugestehen, das gehörte nach seiner eigenen Einschätzung zu seinen Stärken. Hier kam noch dazu, dass er sich mal richtig hatte Luft machen können, und diese Chance war eine Entschuldigung wert.

Schleth sprach als erster. „Wir sind dabei, Wöhlkamps Handy auszuwerten. Die Telefongesellschaft ist nicht die schnellste, aber wir werden demnächst seine Verbindungsdaten haben. Interessant ist auch, dass gestern – noch bevor Adele die Notrufzentrale kontaktiert hat, jemand einen Unfall an der Steilküste gemeldet hat. Wir werden versuchen, diesen Anruf zu identifizieren und zu lokalisieren. Ich möchte außerdem noch einmal an die Steilküste; vielleicht findet sich bei Tageslicht doch noch etwas, das wir heute Nacht übersehen haben."

„Ok. Frau von der Aue?"

„Ich würde gern mit Frau Witteck sprechen, von Frau zu Frau sozusagen. Vielleicht kann sie Genaueres zur Krankheit ihres Mannes sagen – und zu dem Trauma, das ihren Mann offensichtlich belastet. Ich hoffe, das geht telefonisch."

„Gut. Ich werde mich auch noch einmal am Tatort umsehen, - vielleicht können wir zusammen fahren, Willi, - und anschließend Eduard Rober einen Besuch abstatten; mal sehen, was er zu dem Unfall seines Freundes Wöhlkamp sagt. Was mich beunruhigt, sind diese Zeugenaussagen über den jungen Mann im Zusammenhang mit Wöhlkamps Sturz, und wie die

Zeitung zu dem Detail mit den roten Locken kommt, ist mir ein Rätsel. Wer hat da gequatscht? Müssen wir eine Wache im Krankenhaus postieren? Was sagen Sie, Chef?"

„Vorsicht ist besser als Nachsicht. Ich werde das veranlassen, Brockmann."

„Na sehen Sie. Geht doch. Das Team ist ein Super-Team, oder?" Brockmann lächelte leicht und fügte hinzu:

„Aber bevor ich irgendwohin fahre, gehe ich noch einmal zu Adele. Wenn Frauen weinen, tut es mir immer weh in meiner zarten Seele."

Schleth grinste breit, Missfeldt und Fräulein Schlau nicht.

„Das reicht, Brockmann. Hauen Sie bloß ab, Mann."

Brockmann traf Adele Fischer in der kleinen Kaffeeküche der Mordkommission. Sie drehte sich nicht um und hantierte fahrig mit allen möglichen Kaffee-Utensilien und einem Wischlappen. Brockmann hielt sie nicht gerade für die hellste aller Sonnen, aber sie machte ihre Arbeit engagiert und äußerst zuverlässig, wenn sie klare Orientierung hatte, und meisterte ihren Job und ihre Rolle als allein erziehende Mutter in bemerkenswerter Weise, ohne irgendwann zu jammern oder zu klagen. Sie war Ende 30, hattte dunkle Haare und trug eine große, altmodische Brille; sie hätte sicher mehr Aussichten gehabt, noch einmal einen Kerl zu finden, wenn sie sich etwas flotter gestylt hätte. Brockmann hätte ihr am liebsten einmal eine Typ- und Mode-Beratung geschenkt, wenn er nicht gewusst hätte, dass das eine ähnliche Reaktion hervorrufen würde wie jetzt, vor allem deshalb, weil Frau Fischer ihn nach seiner Einschätzung mehr verehrte, als er das je verdienen würde. Wie auf die wacker-biedere Frau so ein intellektuelles emanzipiertes

Geschoss wie die neue Psychologin wirken musste, mochte er sich gar nicht vorstellen.

Das war alles in allem Brockmanns – nach eigenem stillem Eingeständnis etwas arrogante, männlich-chauvinistische – Sicht der Dinge in Sachen Adele Fischer, deren Vornamensähnlichkeit mit der pfiffigen Adelheid Möbius, der Fernseh-Kriminalsekretärin der Nation, zusätzlich als schwere Hypothek auf ihren zarten Schultern lastete. Jetzt war Wiedergutmachung angesagt, ohne Wenn und Aber.

„Hallo, Frau Fischer."

„Jetzt sagen Sie schon ‚Frau Fischer' zu mir! Adele heiß ich hier doch für alle. Ich habe gerade Kaffee ohne Kaffeepulver gekocht. Heute geht auch alles schief, Herr Brockmann. Und umdrehen mag ich mich auch nicht, weil ich gerade geheult hab, ich dumme Deern."

„Ach ja, Adele. Ich wollte nur meinen Respekt deutlich machen. Es tut mir so leid, dass ich meine schlechte Laune an Ihnen ausgelassen habe. Ich war sehr unhöflich und ungerecht. Das wird mir nicht noch einmal passieren; ich brauche Sie doch, was sollte ich ohne Adele Fischer denn anfangen?"

Adele Fischer drehte sich um, nahm ihre Brille ab und wischte noch einmal ihre roten feuchten Augen. Sie atmete tief durch.

„So etwas Schönes haben Sie noch nie gesagt."

„Na sehen Sie. Dann wurde das ja endlich mal Zeit. Darf ich Ihnen jetzt einen Kaffee kochen, damit Sie weiter auf der Spur von Signore Baggio bleiben können?"

„Diesen Tag werde ich mir im Kalender anstreichen."

Adele Fischer wollte – befreit und befriedet – wieder an die Arbeit, und Brockmann sah die Chance, die Gunst der Stunde zu nutzen.

„Ich habe gleich noch zwei Bitten an Sie, Adele. Können Sie Neuer bitten, in Laboe zu uns zu stoßen, wenn er beim Arzt fertig ist? Und dann wäre es toll, wenn Sie sich im Krankenhaus nach Wöhlkamp erkundigen könnten und mir hinterher Bescheid sagen. Vielen Dank! Und jetzt mach' ich den Kaffee."

Als er draußen war, musste er einmal tief durchatmen; Freundlichkeit strengte ihn manchmal ein wenig an, vor allem, wenn sie so mit gönnerhafter Überheblichkeit gepaart war wie eben. Er hatte ein schlechtes Gewissen.

Aber nicht lange.

Schleth wartete schon beim Auto.

„Auf geht's, Alter. Du weißt ja: Laboe ist schö'!"

18: *Am Strand und im "Dünenkind"*

„Willi, was ich dir jetzt sage, muss unter uns bleiben, unbedingt. Ist das angekommen?"

Brockmann wollte die Zeit nutzen, in der er mit seinem engsten Kollegen allein war. Den Weg über den Ostring nach Laboe fand das Auto schon fast allein.

„Ja, Klaus, meine Güte. Du kennst mich doch."

„Ja, deshalb sage ich das doch auch. Du schnackst doch gerne mal einen aus."

„Na ja, aber wenn du es ausdrücklich sagst, kann ich schweigen wie ein Gülletank."

„OK. Meine Dienstwaffe ist weg."

Es war still im Auto.

„Mann, Willi, ich weiß doch auch nicht. Vielleicht habe ich sie ja gestern bei der Kletterei an der Steilküste verloren."

Schleth schwieg immer noch. Er atmete schwer.

„Ach, hör doch auf. Aus der geschlossenen Pistolentasche?"

„Tja, was weiß ich? Auf jeden Fall ist sie weg, Mann."

„Du weißt, dass du das melden musst, und zwar umgehend."

„Tust du mir den Gefallen und hältst an der Steilküste die Augen offen? So ratlos bin ich selten gewesen."

Dann schwiegen beide und brüteten vor sich hin. Die Fahrt zog sich, da half auch die muntere *Welle Nord* nicht. Brockmanns Auto-Handy klingelte.

„Hallo, Adele, was gibt's?"

„Ich habe Herrn Neuer Bescheid gesagt; er kommt, so schnell er kann. Und im Krankenhaus sagt der Arzt, dass Wöhlkamp immer noch im Koma liegt."

„Ja. Schlimme Geschichte."

„Und er sagt noch, dass die schwerste Kopfverletzung möglicherweise nicht von einem Sturz herrührt. Das will der Gerichtsmediziner, den sie hinzuziehen wollen, noch näher untersuchen. Das war's, Chef."

„Vielen Dank, Adele. Jede Menge zum Grübeln.- Was sagst du, Willi?"

„Du, vielleicht wollte da einer wirklich sicher gehen, nachdem er da unten lag. Einen blutigen Stein haben wir gestern Abend fotografiert und sichergestellt, aber von Fingerabdrücken weiß ich noch nichts. Ich werde meinen Jungs im Labor Bescheid geben."

Sie parkten am Dünenkind und gingen am Strand zur Steilküste. Es war eine schöne Vormittagsstimmung, sonnig mit weißen Schönwetterwolken, die Uferschwalben an der Steilküste waren emsig wie immer, nur das rot-weiße Absperrband zeigte, dass hier nicht alles war wie normal. Der Tatort war noch abgesperrt.

„Sieh mal hier, hier liegen Lehm und darunter Grassoden. Das haben wir gestern noch nicht wahrgenommen; spricht dafür, dass ein Stück der Steilküste einfach abgebrochen ist, an einigen Stellen sind ja am Steilküstenweg richtige Überhänge, die bei Belastung jederzeit in die Tiefe rauschen können. Deshalb ist das Betreten des Wegs ja auch auf eigene Gefahr; die Gemeinde Stein will sich absichern."

„Es kann also einfach ein Unfall gewesen sein."

„Ja, aber sieh dich mal um. Hier haben wir Wöhlkamp gefunden. Kaum ein Stein direkt in seiner Nähe, nur der bei seinem Kopf. Ich zeig dir noch mal die Fotos von gestern."

Schleth nahm sein Foto-Handy und zeigte das Bild.

Brockmann war nicht überzeugt.

„Ja, aber an diesem Strand ist es doch nichts Besonderes, dass auch jenseits der Steinkante einzelne Brocken liegen können. Allerdings gibt es zu denken, was der Doc sagt: Möglicherweise keine Sturzverletzung."

Schleth setzte sich erstmal hin.

„In diesem Fall ist auch nichts einfach, oder?"

„Weißt du was? Ich schau mich hier noch einmal um und suche meine Besagte, du hilfst mir, und danach treffen wir uns im *Dünenkind* mit Neuer und Althoff." –

Die Suche war erfolglos geblieben, und Brockmanns Unruhe hatte sich verstärkt. Er musste sich sehr angestrengt bemühen, sich auf das Ermittlungstreffen zu konzentrieren.

Die Wirtin lächelte, freute sich wohl, als er kam.

„Hallo, Herr Brockmann, schön, Sie zu sehen. Wenn das hier vorbei ist, müssen Sie mal privat kommen."

„Ja, das mach ich gerne."

Sie schickte ihn, nachdem er einen Pott Kaffee bestellt hatte, nach draußen auf die Terrasse. Althoff saß schon da, fröhlich bei einem Bier.

„Moin, Herr Hauptkommissar, …"

„Brockmann reicht."

„Also, Herr Brockmann … Was wollte ich sagen? Ach so, ja, das Bier ist alkoholfrei, nur dass Sie keinen falschen Eindruck bekommen. Wo geiht?"

„Tja."

„Alles klar." Althoffs positives Naturell schob Brockmanns Ausweichen einfach beiseite.

„Über die Ermittlungen sprechen wir sicher später, wenn alle da sind, oder? Was denken Sie zu unseren Jungs heute Abend?"

„Unsere Jungs?"

„Na, das Spiel gegen Ghana heute. Es geht doch um alles, Herr Brockmann!"

„Ach ja, die Fußball-WM. Na, Sie haben Sorgen, Herr Althoff. Aber – ich bin wirklich zuversichtlich, auch wenn wir gegen die ollen Serben verloren haben. Vor dem Turnier war ich ziemlich pessimistisch, mit diesem jungen Neuer und den anderen Jungspunden, aber inzwischen…"

„Ja, ich glaube, für die Entwicklung der Mannschaft war es sogar besser, dass Ballack…"

Elsa Martin brachte den Kaffee und blieb noch stehen.

„Eine schreckliche Geschichte gestern Abend. Gibt es irgendwas Neues, Herr Kommissar?" Sie sah jetzt besorgt und bedrückt aus.

„Die gute Nachricht, Frau Martin: Herr Wöhlkamp lebt. Die schlechte: Er liegt noch im Koma."

„Ja, furchtbar. Er war doch gestern noch hier, kurz vor dem Unfall. Er braucht einen Schnaps, sagte er. Wirkte irgendwie besorgt und in Eile. Ich glaube, er wollte jemanden treffen."

„Hat er das gesagt?"

„Nein, nicht so direkt." Elsa Martin überlegte, schaute aufs Meer.

„Ich muss jetzt weiter, sagte er. Und das Auto ließ er ja stehen hier auf dem Parkplatz. Also für mich ist das klar."

„Wenn wir denn doch schon darüber reden", mischte sich Althoff ein, „zu Elsas Aussage passt, dass Gäste auf dem ersten Campingplatz Wöhlkamp gesehen haben, wohl in einem erregten Gespräch mit einem jungen Mann mit roten Locken, in hellblauen Jeans und einem dunkelblauen Sweatshirt."

„Das war sicher der, der hier durch das Naturschutzgebiet gelaufen ist und den Ihr Kollege auch gesehen hat, Herr Hauptkommissar. Also, so ganz spontan würde ich sagen, ein Laboer Junge ist das nicht. Ich kenne hier keinen mit roten Locken."

„Vielen Dank, Frau Martin. Damit scheinen wir eine Spur zu haben. Jetzt erst einmal einen Schluck von Ihrem Kaffee."

Als die Wirtin gerade durch die Terrassentür an den Tresen zurückkehrte, kam Neuer.

„Na, Herr Neuer, Sie sehen ja noch ganz schön klöterig aus", empfing ihn Althoff.

„Ja, ich fühl mich auch so. Blasenentzündung, sagt Ihr Laboer Doc, eigentlich eine typische Frauenkrankheit. Mann, zweimal Grippe im Frühling, und jetzt das. Er hat mir Antibiotika verschrieben und Blut abgenommen, er findet das komisch. Aber – was soll's. Jetzt geht es um den Fall."

„Genau, Neuer", übernahm Brockmann. „In Sachen Betonleiche bleiben wir bei der Baggio-Hypothese, und zu Wöhlkamp zwei Sachen: erstens scheint ein junger Mann der Letzte zu sein, der mit ihm vor dem Sturz zusammen war, vielleicht der, den Sie bei seiner Flucht gesehen haben, und zweitens ist die Ursache für Wöhlkamps Kopfverletzungen unklar; vielleicht war es nicht der Sturz."

„Aha. Es scheint also, dass wir nach dem jungen Mann fahnden müssen, oder?"

„Dazu habe ich noch einen Hinweis, liebe Kollegen", schaltete sich wieder Althoff ein. „Ich habe bei der Naturstation ‚Ostsee erleben' nach Beobachtungen gefragt, die sind ja gleich da vorne am Strandsee. Also, gestern Abend ist ihnen nichts aufgefallen, da haben sie auch eine Abendfahrt auf der Förde gemacht für Natur-interessierte Touristen, aber jetzt haltet euch fest: Gestern hat dort ein neuer Abiturient sein freiwilliges ökologisches Jahr angefangen. Der sollte eigentlich gestern Abend hier Stallwache haben, aber als der Chef von der Fahrt zurückkam, war er nicht mehr da, und er ist heute auch nicht aufgelaufen. Lieven Berghofer heißt der, und er hat auffällige Locken. Ich habe sogar ein Bild von ihm bekommen. Hier."

„Das ist ja ein Ding. Den kenn ich. Den habe ich gestern bei Stein an der Steilküste getroffen. Wirkte etwas verstört und traurig, der junge Mann. Und er wollte jemanden treffen…", sagte Neuer.

„Ja", sagte Brockmann, „ich habe sogar seine Adresse. Der ist gestern in meinem Haus bei einer WG eingezogen."

„Und, Kollegen: Ich glaube, er ist der Sohn von Franz Witteck. Berghofer ist der Mädchenname seiner geschiedenen Frau, und der Junge hat wahrscheinlich ihren Namen angenommen", sagte Neuer. „Fahndung, Chef?"

„Ja, sag Adele Bescheid. Aber wir wollen ihn als wichtigen Zeugen, erstmal nicht als Tatverdächtigen. Fahndung."

19: Das Telefongespräch

Protokoll des Telefongesprächs der Psychologin Dr. Aue mit Frau Berghofer, geschiedene Witteck:

Aue:	*Hallo, Frau Witteck. Ute von der Aue, Kripo Kiel.*
Witteck:	*Guten Tag. Übrigens, ich habe meinen Namen geändert, ich heiße wieder Berghofer, und so heißt auch mein Sohn Lieven.*
	Was kann ich für Sie tun?
Aue:	*Bei dem Appartementhaus, an dem Ihr Mann beteiligt war, ist eine Leiche gefunden worden, gegossen in Beton. Eine Vermutung geht dahin, dass es sich um Salva Baggio, den italienischen Mit-Bauherren, handelt, und damit kommen seine Kompagnons in den Blick, so auch Ihr Mann.*
	Können Sie mir etwas erzählen über seine Erkrankung?
Berghofer: Frau...	*Das sind ja schreckliche Nachrichten,*
Aue:	*von der Aue.*
Berghofer:	*Danke. Dieses Appartementhaus, das war der Anfang vom Ende; das habe ich immer gedacht.*
	Wissen Sie, ich habe meinen Mann sehr geliebt.

Aue:	*Tun Sie das jetzt nicht mehr?*
Berghofer:	*Der Mann, der da jetzt in Passade sitzt, ist nicht mehr mein Mann, das ist nur noch eine Gliederpuppe, ohne Verbindung zu mir, zur Außenwelt.*

Ich sage das auch deshalb so hart, weil wir eine so schöne Zeit hatten vorher. Er war liebevoll, freundlich, zärtlich, hatte Erfolg in seinem Beruf, ich hatte das Gefühl, dass er morgens schon mit einem Lächeln erwachte. Na ja, im Nachhinein vergoldet man schon manches; Geld war ihm zu wichtig, glaube ich. Er hatte ja gut geerbt, und irgendwie reichte ihm das nicht, und die anderen drei steckten ihn irgendwie auch an mit ihrer Gier.

Aue:	*Und dann war plötzlich viel Geld weg.*
Berghofer:	*Ja, der Salvatore hatte das alles verzockt, und die drei, auch Franz, waren völlig von der Rolle. Das war natürlich auch schlimm, das Projekt war auf der Kippe, obwohl, mein Gott, wir hätten nicht am Hungertuch genagt, aber wie gesagt, da jagte ein Telefongespräch das andere, Treffen folgte auf Treffen, und nach dem letzten, an dem alle teilnahmen, bevor Salvo verschwand, nach Italien, sagte man ja damals, also nach diesem*

Treffen kam Franz total verändert wieder.

Aue: *Wie zeigte sich seine Veränderung?*

Berghofer: *Er hörte einfach auf zu reden; er saß nur noch da, führte manchmal Selbstgespräche, schüttelte den Kopf, weinte. Irgendetwas hatte ihn völlig aus der Bahn geworfen, und ich konnte nicht mehr zu ihm durchdringen...*

Aue: *Sie waren völlig ratlos...*

Berghofer: *Ja, und bevor wir irgendeine Therapie in die Wege leiten konnten, war er völlig erstarrt; keine Emotionen mehr, keine Mimik, er saß nur noch im Arbeitszimmer, manchmal leicht hin- und herpendelnd, und sein Blick war völlig leer. Das änderten weder die Medikamente, die er dann bekam, noch die Aufenthalte in Psycho-Kliniken. Das Schlimme war ja, dass der Junge das alles mitbekam...*

Aue: *Wie war das Verhältnis der beiden gewesen, vorher, meine ich?*

Berghofer: *Ja, das war es ja gerade, ihre Beziehung war einmalig. Wissen Sie, Franz war ein richtiger Jungsvater, mit Fußballspielen und Kanufahren und Zelten und Abenteuer, er holte da wohl auch ein bisschen seine eigene Kindheit nach, na ja, jedenfalls liebte Lieven seinen*

Vater sehr, wahrscheinlich sogar mehr als mich, auf jeden Fall war diese Zeit ein großes Glück. Lieven war10, als Franz krank wurde, er konnte das alles überhaupt nicht begreifen,

und ich glaube, er hat damals auch einen Knacks bekommen, von dem er sich bis heute nicht erholt hat. Ich konnte das damals nicht ... nicht....

Aue: *Sie konnten das damals einfach nicht auffangen,   ich   kann   das   so   gut verstehen,   Frau   Berghofer....   Frau Berghofer?*

Berghofer: *Ja, es geht wieder.*

Aue: *Wie haben Sie sich die Erkrankung Ihres Mannes eigentlich erklärt? Ich habe ihn ja selbst kennengelernt; auf mich wirkt er so, als wenn er ein schweres Trauma mit sich herumschleppt, das seine inneren Kräfte hat zusammenbrechen lassen.*

Berghofer: *Ja, ja, genau so ist das, genau so sehe ich das auch.*

Ich frage mich noch immer, ob er damals irgendeine Schuld auf sich geladen hat, mit der er nicht fertig werden konnte...

Aue: *Sie sagten, Ihr Sohn habe vielleicht einen Knacks davongetragen...*

Berghofer: *Ja, er war wirklich verzweifelt, als er sah, wie sich sein Vater veränderte, und damit wurde die Zeit vorher noch wichtiger, noch größer, er hob seinen Vater auf einen Sockel der Verehrung, saß oft über alten Fotos, und er hat bis heute die Hoffnung nicht aufge geben, dass er wieder gesund wird.* Er *hat ihm Briefe geschrieben, noch und noch, und wenn er jetzt wieder nach Laboe gegangen ist zu einem ökologischen Jahr, dann ist das zu 90 Prozent wegen seines Vaters.*

Aue: *Und die anderen 10 Prozent?*

Berghofer: *Neben seinem Heimweh und seinem Interesse für die Natur vielleicht auch der Wunsch, doch noch etwas von den Kompagnons seines Vaters zu erfahren. Viel von seiner ohnmächtigen Traurigkeit über die Krankheit seines Vaters hat sich in dumpfen Zorn verwandelt, Zorn, weil er denkt, dass die irgendwie Schuld haben an allem. Hoffentlich macht er keine Dummheiten.*

Aue: *Das hoffe ich auch. Frau Berghofer, vielen Dank.*

Berghofer: *Wissen Sie, er hat gestern noch einmal angerufen.*
Er hat nur immer gesagt, dass er es nicht war. Ich habe das gar nicht verstanden. Er wirkte so verwirrt.

Aue:	*Das ist sehr interessant. Ich werde umgehend Hauptkommissar Brockmann informieren. Ihnen alles Gute, Frau Berghofer, wir bleiben im Gespräch.*
Berghofer:	*Ach, Frau von der Aue, mir fällt noch was ein. Ich habe bei seinen Sachen ein Gedicht gefunden, das er für seinen Vater geschrieben hat. Ich fax Ihnen das mal eben; Sie werden seine Gefühle vielleicht noch besser verstehen...*

20: Die Zeitbombe

„Chef, was ist los? Sie haben seit unserer Abfahrt vom *Dünenkind* keinen Ton gesagt. Ist irgendwas?"

Brockmann war im höchsten Grade alarmiert; irgendwo kreiste der dunkle Traum von letzter Nacht immer noch in seinem Kopf herum. Er mochte nicht darüber reden, noch nicht. Noch war nicht die Zeit, seine Kollegen verrückt zu machen.

„Neuer, gucken Sie nach vorne. Man muss doch nicht in einer Tour sabbeln, das müssten Sie doch wissen als Norddeutscher. Wie geht es Ihnen eigentlich, nach dem Schock gestern und mit Ihrer Blasenentzündung? Sie sind doch bestimmt eigentlich krankgeschrieben, oder?"

„Ja, da haben Sie Recht, aber schon nach der ersten Pille geht es mir besser, und deshalb will ich dabei sein, auch wenn ich vielleicht noch mal ein, zwei Runden mehr pinkeln muss. Und dann war ich ja in guten Händen heute Nacht und heute Morgen." Brockmann fiel die Sache mit dem Lebensstrich ein; Neuer war sensibel, aber er schien das Leben auszuschöpfen; er war bestimmt nicht so nachdenklich wie er selbst, was den Rest seiner Tage anging.

„Ich hab' Ihre Lisa ja kennengelernt; ich glaube, Sie haben ganz schön Glück, Neuer."

„Ja, das habe ich bestimmt. Aber bei allem Glück - was mich   nachdenklich macht: Ich träume in den letzten Tagen oft so seltsam; irgendwann steht im Traum immer mein Vater da – der ist schon länger tot, wissen Sie - , er steht ganz ruhig da und schaut mich nur an, und dann wache ich auf und bin ziemlich erschrocken … Oder ich fahre auf der Autobahn, und die ist plötzlich gesperrt, und dahinter ist nur noch eine Sandwüste…"

Brockmanns Auto-Handy klingelte.

„Die Psychologin", sagte er. „Machen Sie sich nicht verrückt, ich red' erst mal mit ihr. - Was gibt's?" -

Die Informationen seiner Kollegin über ihr Gespräch mit Wittecks Frau bestärkten ihn in seiner Sorge; Lieven Berghofer war eine tickende Zeitbombe, vor allem wenn er es war, der ihm die Waffe entwendet hatte. Er musste so schnell wie möglich gefasst werden.

„Neuer, hören Sie zu: Wir müssen diesen Lieven Berghofer fassen, unbedingt; Sie haben ja mitgehört, was die Psychologin gesagt hat. Alle Streifen müssen sein Bild haben und ihn suchen und finden. Können Sie das mit Ihrem Zauberhandy hinbekommen, sein Bild in die Zentrale zu schicken?"

„Moment, Chef. Da kommt gerade was von Frau Aue. Sie hat mir das Gedicht des jungen Mannes über seinen Vater geschickt, das ihr Frau Berghofer zugefaxt hat."

Brockmann sah, wie Neuer den Text las. Neuers Stimme war verändert, als er sagte:

„Ich lese Ihnen mal das Gedicht vor, das der Junge über seinen Vater geschrieben hat."

„Muss das sein?"

„Ja, ich denke schon. Ich finde es immer gut, Menschen und ihre Beweggründe zu verstehen."

Brockmann merkte, dass es seinem Kollegen wichtig war, und fuhr kurz rechts ran.

„Na, dann legen Sie mal los."

„Für meinen Vater

Dies ist ein Gedicht für dich, Vater,
dies ist für das Lachen, für die Freude,
die wir gemeinsam erlebten
beim ersten Fußballschuss aufs Tor,
beim ersten Start unseres Flugzeugs,

in dem die Gewissheit lag, wir würden
genau so leicht und schwerelos
erobern die Welt,
dies ist für das Staunen, das du mich lehrtest,
für das Vertrauen in die Menschen
und das Vertrauen in mich. -
„Alles wird gut."
Das hast du immer gesagt,
und es hat mich stark gemacht,
als ich klein war,
aber jetzt weiß ich es besser.
Dies ist ein Gedicht für dein Weinen,
dein Verstummen
nach dem Unglück, von dem ich bis heut
nicht weiß, was es war,
und das ich ergründen muss, auch wenn es
das Letzte ist, was ich tue.
Dies ist für dein Zerbrechen am Leben,
deine endlosen Tage, sitzend im Stuhl,
und für den heilen Kern irgendwo in dir,
auf den ich hoffe, den ich manchmal sehe
in deinen trüben, ermatteten Augen.
Dies ist ein Gedicht für die Hoffnung,
für dich, mein lieber Vater,
im Heim Passade, fast 60 Jahre alt.

„Merken Sie, Chef, da ist doch kein Killer unterwegs. Da will einer einfach die Wahrheit rausfinden über seinen Vater und seine Krankheit. Aber ich geb zu, von dieser Idee scheint er wie besessen zu sein. Das ist doch ein armer Junge, oder?"

Armer Junge. - Eine Erinnerung wurde wach in Brockmann.

Ihm war schon einmal ein junger Mann begegnet, dem auch, vielleicht wie Lieven Berghofer, die schützende Hülle um seine Seele gefehlt hatte, dessen Traurigkeit wegen einer verlorenen Liebe zu dunkler Verzweiflung geworden war, die ihn aus dem Leben getrieben hatte, in einer dunklen Nacht, heillos, einsam, im schwarzen Wasser der Förde.

„Herr Brockmann, hören Sie zu; Sie haben die Psychologin ja gehört und ihre Informationen von ihrem Gespräch mit Frau Witteck, die jetzt Berghofer heißt. Ich habe den Jungen ja selbst erlebt; er ist nicht nur etwas verstört, er ist außer sich vor Trauer und Zorn wegen der Krankheit seines Vaters; sicher war er es, der ihn gestern vor uns im Pflegeheim besucht hat, das war sicher ein Schock für ihn, er hat ihn ja längere Zeit nicht gesehen, vielleicht hat sein Vater ihn gar nicht mehr erkannt. Und er gibt den Freunden seines Vaters die Schuld an seinem Zustand, und möglicherweise war er derjenige, der Wöhlkamp von der Steilküste gestoßen hat…"

Neuer hielt die Stimme in der Schwebe.

„…oder der nur von Wöhlkamp die Wahrheit erfahren wollte, ohne jede böse Absicht. Ich finde, es ist einfach zu früh, den Jungen derartig zu jagen. So zwingt man ihn doch nur in die Gewalt."

„Tja."

„Ist das alles, was Ihnen dazu einfällt?"

„Nein, Herr Neuer. Es kann ja gut sein, dass Sie Recht haben. Der arme Junge, wie Sie sagen, hat möglicherweise letzte Nacht meine Dienstwaffe entwendet."

„Meine Güte."

„Er ist ja vorgestern in der Wohngemeinschaft über meiner Wohnung im Niemannsweg aufgetaucht; er kennt die Bewohner und soll da einziehen und hat vielleicht schon da geschlafen. Na ja, und meine Wohnung ist nicht gerade gesichert wie Fort Knox…"

„Und was nun, Chef? Ich meine, es hat sich ja an der Situation und der bestehenden Fahndung nichts geändert …"

„Abgesehen davon, Neuer, dass wir die psychologischen Hintergründe besser kennen, den tiefen Hass und die Rachegefühle, und dass ich leider offenbaren muss, dass er vielleicht meine Waffe hat."

„Muss das an die große Glocke?"

Brockmann war sich selbst nicht sicher.

„Tja. Sind Sie schnell und sicher mit der Waffe? Wenn ja, würde ich mir erstmal keine Sorgen machen. Sie sind dann mein verlängerter Arm…"

Neuer sah ihn prüfend an; Brockmann musste grinsen.

„Sollte ein Scherz sein, Mann. Machen Sie sich keine Sorgen. Sie müssen mich nicht freischießen. Ich werde demnächst dem Kriminalrat Bescheid geben, ok?"

Bevor Neuer noch seine Erleichterung zeigen konnte, bogen sie von der Strandstraße ab zum kleinen Marktplatz Laboes. Auch hier vor dem Rathaus war sein lila Astra ein echter Hingucker, fand Brockmann, auch wenn für solche Überlegungen eigentlich nicht die Zeit war.

„Ach ja, Neuer. Schicken Sie das Bild in die Zentrale? Es ist doch zu seinem eigenen Schutz, wenn wir den Jungen schnell finden, oder?"

„Ich hab ein mulmiges Gefühl, weil ich immer noch denke, dass er bis jetzt vielleicht überhaupt noch kein Verbrechen begangen hat, der ‚Todessengel'. Na ja, bis auf den Waffendiebstahl – der bisher auch nur eine Vermutung ist. Also ok. Irgendwie kann man hier nur Fehler machen."

Neuers Skrupel waren ein bisschen anstrengend. Aber besser, als wenn man so einen nassforschen Jungspund an der Seite hatte. Brockmann hatte das Gefühl, dass sie sich auf Dauer vielleicht doch ganz gut ergänzen könnten.

21: Einer bleibt stecken in seinem Sumpf, und eine findet raus.

Als sie bei Rober klingelten, passierte erst einmal gar nichts. Es dauerte eine ganze Zeit, bis er öffnete. Er wirkte ziemlich von der Rolle, blass, aber mit hektischen Flecken, ungekämmt, mit halb aus der Hose hängendem Hemd. Trotzdem quälte er sich ein Lächeln heraus.

„Ach, ihr seid es. Passt zwar eigentlich im Moment gar nicht, aber kommt rein."

Er hatte wieder getrunken.

Die Tür zum Schlafzimmer war halb geöffnet.

Brockmann sah Frau Rober, die anscheinend ihren Koffer packte.

„Sie wollen verreisen, Frau Rober?"

„Oh, Herr Brockmann. Ich war ganz vertieft in mein Packen."

Die dunkelhaarige, zierliche Frau, die deutlich jünger wirkte als ihr Mann, hatte bei ihrem ersten wortlosen Zusammentreffen unsicher gewirkt, vielleicht auch bedrückt. *"Ein verhuschtes Mäuschen",* hätte Frauenspezialist Schleth sicher gesagt.

„Ja, Herr Brockmann. Und ich glaube, es ist für länger."

Brockmann stand immer noch in der Schlafzimmertür, Neuer dahinter.

„Kommen Sie kurz rein, Eduard kann sich einen Moment auf den Balkon setzen; ich möchte Ihnen eine Geschichte erzählen."

Brockmann sah Neuer an; der strahlte wie er nicht unbedingt wahre, unverstellte Begeisterung aus.

„Keine Sorge. Es ist eine kurze Geschichte."

Gabi Rober konnte man nichts vormachen.

„Ich geh' doch vormittags oft zu einem Fischkiosk am Hafen. Heute war eine neue Verkäuferin da. Ich sprach sie darauf an und sie erzählte mir, dass sie heute Morgen in ihrem bisherigen Laden Schluss gemacht hatte, von einer Minute auf die andere. ‚Nie hat er ein gutes Wort gehabt, nie, der Kerl, der mein Chef war. Und wenn irgendwas nicht klappte, hatte immer ich Schuld. Und heute Morgen hat er sich im engen Laden umgedreht, ohne aufzupassen, und mir `ne Kiste mit Schillerlocken aus den Händen geschlagen. Die sollte ich ersetzen, weil ich nicht aufgepasst hätte. Da hatte ich die Faxen dicke. Ich hab‘ doch auch `ne Würde. Schürze ab und raus. Soller doch sehen, wie er klarkommt. Ich war wütend, aber auch ängstlich hinterher, na ja, und denn aber auch stolz‘, sagte sie. Das sah man ihr an, und als sie an dem Fischkiosk vorbeikam, schnackte der Inhaber sie an; er kannte sie von früher. Ein Happy End am Morgen, das ist doch was.“

„Ja und? Spielen Sie jetzt Fischverkäuferin, oder was?“

„Genau, Herr Brockmann. Irgendwann reicht es, und dann muss man was tun. Das hat mir die Frau am Hafen gezeigt. Nicht, dass mein Mann so ein Ekel gewesen wäre, nee, ich habe einfach das Gefühl, wir leben seit Jahren auch wie in einer so engen Bude, die einen bedrückt, in der so viel Schweigen wohnt, dass man ersticken könnte. Wir haben so wunderschöne Balkons, aber sie helfen nicht, wenn kein Mut zur Wahrheit da ist. Mein Mann verschweigt etwas, und das macht uns beide kaputt, und damit ist jetzt Schluss.“

„Wo gehen Sie jetzt hin?“, fragte Neuer.

Die Frau, die dabei war, unter viele Jahre Ehe einen ganz schnellen Schlussstrich zu ziehen, sah erleichtert aus, fast fröhlich.

„Ach, ich kann erstmal im *Dünenkind* wohnen. Ich kenne Elsa von früher, sie hat ein freies Fremdenzimmer. Mal sehen. Etwas Besseres als Ersticken finde ich überall.

Sowas in der Art sagen doch schon die vier Stadtmusikanten im Märchen."

„Alles Gute, Frau Rober. Sie sind eine mutige Frau."

Brockmann drückte ihr die Hand, ebenso Neuer, dann gingen sie zu Rober auf den Balkon. War nicht sein Tag heute.

„Nehmt doch Platz. Bierchen?"

Rober wollte das Spiel des munteren, unbeschwerten Mannes weiterspielen, der kein Wässerchen trüben konnte.

„Ach, hören Sie auf, Rober. Ihnen schwimmen doch gerade die letzten Felle weg."

Brockmann setzte sich, Neuer ebenso, erst einmal ein Blick über die Förde; ein dicker, hoher, hässlicher, roter Autotransporter kam gerade rein, mitten durchs Gewimmel der Segler, die heute munterer unterwegs waren als gestern, der Wind war heute kräftiger. Das konnten sie auch gut gebrauchen für ihr Gespräch mit Rober. Der wurde langsam unruhig, als sie immer weiter auf die Förde hinausblickten.

„Was gibt's?", fragte er.

„Tja, was gibt's? Das müssen wir Sie fragen."

Brockmann führte das Wort, wie immer, Neuer machte sich Notizen.

„Rober, Ihnen läuft gerade die Frau weg, weil Sie, wie sie denkt, etwas verschweigen, Ihr Kumpel Wöhlkamp liegt im Koma, nach einer Attacke auf ihn, kurz nachdem er Sie angerufen hat. Sie sind in Gefahr; da draußen macht ein junger Mann Jagd auf die fantastischen Vier – oder auf den traurigen Rest der Gruppe. Und Sie sitzen hier und fragen uns, was es gibt. Sie brauchen ein bisschen von dem Mut, den Ihre Frau hat, Sie brauchen einen Durchbruch wie der dicke Pott da draußen, Sie stecken doch fest!" Rober lächelte noch immer, ein bisschen verkrampft, er konnte wohl nicht mehr anders.

„Ich kann Ihnen doch nichts sagen, wenn es einfach nichts zu sagen gibt! Die Sache mit Baggio damals, die habe ich Ihnen doch schon erklärt; er hat unser Geld verzockt, wir waren sauer, er ging nach Italien, siehe Postkarte, leider auf Nimmerwiedersehen, wir haben den Bau trotzdem hinbekommen und leben jetzt gut von den Einkünften, also: was soll das alles? Und ich sag Ihnen noch was; auch wenn man noch so lange in der alten Scheiße rumrührt, es bleibt einfach – Scheiße. Lassen Sie mich mit den alten Geschichten einfach in Ruhe. "

Er hatte sich so richtig in Tempo geredet, sein Gesicht hatte sich gerötet; er hat sich verrannt, dachte Brockmann. Neuer kam ihm zuvor mit der nächsten Frage:

„Und Ihre Frau? Warum hat sie wie wir die Sicherheit, dass Sie etwas verschweigen, schon lange, wie sie sagt?"

„Ach, das ist was Privates. Sie hat ja Recht. Ich habe ein Verhältnis gehabt mit einer Praktikantin, vor ein paar Jahren; die hat mich einfach bewundert, obwohl ich vielleicht nicht mehr der Schönste bin, das tut einfach gut, aber das ist vorbei, und Gabi will mir das einfach nicht glauben, die junge dumme Deern auch nicht, ruft hier immer noch an, na ja, das ist alles kein Ruhmesblatt, geb ich ja zu, aber Gabi glaubt mir einfach nicht. Tut mir leid, aber mit Ihrem Fall hat das nichts zu tun."

„Und Wöhlkamp?"

„Ach, der hat mich gestern Abend angerufen wegen der Windjammer-Parade; da unternehmen wir oft was zusammen. Schade, dass das jetzt nichts wird. Sehen Sie, das ist `ne furchtbare Geschichte, was Wöhlkamp da passiert ist, aber ich weiß nicht, was das mit mir zu tun haben soll."

„Ach, ich sag's nochmal: hören Sie doch auf." Brockmann war mit seiner Geduld am Ende. Wie hatte er mal Sympathie für diesen Mann empfinden können?

„Da draußen ist ein junger Mann unterwegs, total verzweifelt, total voller Hass, auf Wöhlkamp und auch auf Sie, Rober. Es ist der Sohn von Witteck. Aus irgendeinem Grund macht er Sie beide wohl für die Krankheit seines Vaters verantwortlich. Wir vermuten, dass er Wöhlkamps Sturz verursacht hat, und wir glauben, dass er bewaffnet ist."

„Sie sehen, Rober", setzte Neuer den Gedanken fort, „alte Geschichten, alte Scheiße, wie Sie sagen, die müssen einfach geklärt werden; da muss frische Luft ran, sonst klebt einem das ewig an der Hacke."

Rober saß da mit seinem roten Bierkopf und sagte nichts mehr. Fiel ihm nichts mehr ein?

„Neuer, sagen Sie Althoff Bescheid. Wir können hier keinen Dauerposten vor die Tür stellen, aber er soll immer mal wieder hier vorbeigucken und nach dem Rechten sehen lassen. Und Sie, Rober, gehen heute am besten nicht mehr vor die Tür. Und wenn Sie endlich reinen Tisch machen wollen, rufen Sie mich an – hier haben Sie meine Nummer. Tschüß!"

Neuer ging voraus zum Telefonieren; Brockmann warf noch einen Blick ins Schlafzimmer; Gabi Rober schien fertig zu sein mit Packen. Sie sah ihn noch einmal an. Trauer, Erleichterung, neuer Mut – in diesem Blick war vieles, und nicht alles verstand er.

„Machen Sie's gut, Frau Rober."

„Sie auch, Herr Kommissar. Passen Sie auf ihn auf, bitte."

Als er die Wohnung verließ, war es ihm, als wenn der eitle Geldverschwender des Heckel-Porträts besonders spöttisch grinste.

Er sah zu, dass er wegkam.

Draußen vor dem Haus trat ihm ein Mann im Anzug in den Weg. Ein Mann aus dem Rathaus. Ein Amtsträger.

„Herr Hauptkommissar Brockmann, vermute ich?"

„Ja, genau, und Sie sind …?"

„Kleinschmidt mein Name. Ich bin der Bürgermeister hier."

„Was kann ich für Sie tun?"

„Tja, Herr Oberkommissar, ich möchte Sie nicht lange aufhalten, sondern Ihnen nur eine Bitte mit auf den Weg geben."

Der Bürgermeister kam sehr nahe an ihn heran, so dass Brockmann unwillkürlich etwas zurückwich. Man kann es mit der Vertraulichkeit auch übertreiben, dachte er.

„Was gibt's?"

„Wir sind ja nun in die Schlagzeilen geraten, Herr Brockmann, und wir sind nicht gerade glücklich darüber."

„Das haben wir nicht zu verantworten, Herr Kleinschmidt. Das kann nur von einem Bürger Ihrer Gemeinde stammen."

„Wie auch immer. Ich möchte Sie bitten, weiter mit der Umsicht und Diskretion zu ermitteln, für die Sie bekannt sind. Wir sind gerade dabei, einen Investor für ein großes Bauprojekt zu gewinnen, und Nachrichten über Mord und Totschlag sind das Letzte, was wir gebrauchen können."

„Das hört sich ja richtig spannend an, Herr Kleinschmidt. Also, an der Polizei soll es nicht liegen. Aber Sie wissen ja sicher vom Kollegen Althoff, dass wir nicht nur im Fall Wöhlkamp ermitteln, der jetzt so hochgekocht ist, sondern auch in einem länger zurückliegenden Tötungsdelikt im Zusammenhang mit einem älteren Bauprojekt. Da werden wir nicht ewig den Deckel draufhalten können."

„Nein, das verstehe ich ja, und ich hoffe, dass Sie mich verstehen."

„Ach ja, natürlich, Herr Kleinschmidt. Wissen Sie was? Das Beste ist, wenn wir die Fälle so schnell wie möglich aufgeklärt bekommen, und deshalb wäre es gut, wenn Sie mich jetzt meine Arbeit machen lassen. Einen schönen Tag noch."

Brockmann ließ den Bürgermeister stehen und ging zum Auto, an dem Neuer schon wartete.

„Delikat, delikat", sagte Brockmann zu ihm. „Die letzte Leiche im Beton ist noch nicht identifiziert, da soll schon das nächste Bau-Projekt angepackt werden. Wird Zeit, dass wir hier fertig werden."

„Na klar, Chef. Althoff würde sagen: ‚Af vom Hoff'. Fahren wir."

22: *Langsam gibt's Klarheit*

Auf der Fahrt zurück bastelten Brockmann und Neuer schon ein wenig an der Presse-Erklärung, die wohl fällig war.

Im Kommissariat holte Adele alle zusammen. Missfeldt fing an.

„Nun, Karl, wie sieht's aus?"

„Ich würde gerne erstmal hören, ob die Recherche und die Kriminaltechnik neue Ergebnisse haben."

Adele meldete sich zu Wort.

„Professor Schneider aus der Gerichtsmedizin hat sich gemeldet. Er hat einen vorläufigen Befund zur Betonleiche erstellt. Sie hat einen Jochbein- und einen Kieferanbruch, ist also heftigen Schlägen ausgesetzt gewesen. Diese waren aber nicht tödlich; eine genaue Todesursache konnte bisher nicht ermittelt werden. Aber – und das bringt uns deutlich weiter – ich habe nochmal bei der Zahnarztpraxis genervt, und die haben dann tatsächlich ihre alten Patientenakten von Baggio wiedergefunden und Professor Schneider übermittelt; es steht einwandfrei fest, dass der Tote im Beton Salvatore Baggio ist. Ich habe deshalb meine Schrift-Recherchen eingestellt; die Postkarte aus Italien muss eine Fälschung sein."

Adele setzte sich zurück; natürlich war sie stolz.

Erst war es kurz still, dann redeten alle durcheinander, Brockmann am lautesten.

„Na, Adele, das ist ja ein Hammer. Danke dafür. Dann waren wir ja wirklich die ganze Zeit auf der richtigen Spur. Und es ist ziemlich klar, dass Eduard Rober uns nicht die Wahrheit sagt über die Geschehnisse vor Baggios Tod. Ihr müsst wissen, dass er auch bei unserem letzten Gespräch vor einer Stunde dabei geblieben ist, dass er und seine zwei Kompagnons nichts mit Baggios Verschwinden zu tun haben. - Gibt es Neues in Sachen Wöhlkamp?"

„Ja, Herr Professor Schneider war äußerst tatkräftig heute. Er hat bestätigt, dass die gefährlichste Kopfverletzung Wöhlkamps wahrscheinlich durch einen Schlag und nicht durch den Sturz verursacht worden ist. Und noch etwas, und das freut mich schon: Der behandelnde Arzt hält es für möglich, dass Wöhlkamp wieder zu Bewusstsein kommen wird, vielleicht irgendwann in den nächsten Tagen, vielleicht in Monaten; die Gehirnschwellung ist schon etwas zurückgegangen, und vielleicht wird er auch keine Schäden zurückbehalten."

„Noch eine gute Nachricht, Frau Fischer!" Das war Missfeldt, strahlend. „Das bedeutet, wir haben es in diesem Fall nicht mit einem möglichen Tötungsdelikt zu tun, sondern mit gefährlicher Körperverletzung, was dem Ganzen die große Dramatik etwas nimmt. Dennoch müssen wir hier weiter ermitteln. Wie ist der Stand hier, in Sachen Todesengel?"

Missfeldt blickte in die Runde, Brockmann nickte Neuer zu, der seinen Notizblock aufschlug.

„Wir fahnden nach Lieven Berghofer, einem 19 Jahre alten Abiturienten, der sich seit mehreren Tagen in Laboe und Kiel aufhält. Es ist durch Zeugenaussagen gesichert, dass er sich mit Wöhlkamp auf der Steilküste zwischen Laboe und Stein getroffen hat und sich dann schnell vom Ort des Geschehens entfernte – er ist seitdem flüchtig. Wir suchen ihn als Zeugen; es ist möglich, dass er mit der Verletzung Wöhlkamps überhaupt nichts zu tun hat, aber er kann natürlich zur Klärung des Sachverhalts beitragen."

„Hier möchte ich einmal kurz einhaken", sagte Schleth, „und ich muss den vielen Klärungen eine Unschärfe hinzufügen: Auf dem Stein, der wohl die schwere Verletzung Wöhlkamps verursacht hat, haben wir leider bisher keine Fingerabdrücke sichern können. Tut mir leid. Du kannst weitermachen, Theo."

„Danke. Also, Berghofer ist der Sohn des frühpensionierten Lehrers Franz Witteck, eines Miteigentümers des Appartmentkomplexes *Seegard*, der, kurz nachdem der Italiener Baggio verschwand, an Depressionen erkrankte und heute in einem Pflegeheim in Passade lebt, wenn man das so nennen kann. Der junge Lieven Berghofer hat offensichtlich eine besondere Beziehung zu seinem Vater. Wollen Sie das erläutern, Frau von der Aue?"

„Ja, das mache ich gerne. Es ist ja bekannt, dass ich mit der Frau Wittecks, die inzwischen ihren Mädchennamen wieder angenommen hat, reden wollte. Drei Punkte des Gesprächs sind besonders wichtig:

1. Lieven Berghofer hat zu seinem Vater eine ausgesprochen enge Beziehung gehabt; der Junge hat seinen Vater sehr geliebt und verehrt.

2. Der Vater ist wirklich im Zusammenhang mit dem Verschwinden Baggios erkrankt; ein traumatischer Schock scheint die schwere Depression ausgelöst zu haben.

3. Der Junge scheint es sich zur Lebensaufgabe gemacht zu haben, die Vorgänge zu klären, für die er die Kompagnons seines Vaters verantwortlich macht. Das scheint im Moment die Leitlinie seines Handelns zu sein. Ob er über die Wahrheitsfindung hinaus auch Rache üben will, vermag ich nicht einzuschätzen."

„Vielen Dank, Kollegin. Ich muss", fuhr Brockmann fort, „leider noch ein Detail ergänzen, das die Person Lieven Berghofer doch ein wenig brisanter macht."

Brockmann machte eine Pause.

„Ich vermute, dass der junge Mann in den Besitz meiner Dienstwaffe gelangt ist."

Es war jetzt richtig still im Besprechungsraum. Unbehaglich still, fand Brockmann.

„Kannst du das mal erklären, Karl?" Missfeldt hatte ein wenig Raureif auf der Stimme. Vom normalen freundlich-jovialen Schmelz war nichts übrig geblieben.

„Tja. Zufällig – das glaube ich jedenfalls – hat Berghofer eine Bleibe in einer WG in dem Haus gefunden, in dem auch ich eine Wohnung gemietet habe. Wir haben uns dort auch kurz kennengelernt, und er hat auf diesem Weg erfahren, dass ich als Kriminalbeamter eine Waffe besitze. Ich vermute, dass er, vielleicht mit Hilfe eines Generalschlüssels der alten, zerstreuten Eigentümerin, nachts in meine Wohnung eingedrungen ist und meine Waffe entwendet hat. Das macht aus dem traurigen jungen Mann leider einen potentiell gefährlichen jungen Mann."

„Ok, Karl. Ich will jetzt nicht weiter darauf eingehen, warum ich das jetzt erst erfahre und welche Konsequenzen das für dich haben wird. Besorg dir eine Ersatzwaffe, und nun ist erst einmal wichtig, wie es weitergeht."

„Das sehe ich auch so. Wir fahnden also nach Lieven Berghofer, jede Streife hat sein Bild, und die Polizei Laboe hat ein Auge auf Eduard Rober, den wir für durchaus gefährdet halten. Zur Unterstützung der Laboer Kollegen schlage ich Folgendes vor: Heute Abend findet in Laboe ein Fußball-Public-Viewing statt: In der Konzert-Muschel, knapp hundert Meter von Robers

Wohnung entfernt, wird das WM-Spiel Deutschland-Ghana präsentiert; ich glaube, dass zumindest Neuer und ich das Spiel auf jeden Fall sehen möchten, und es spricht nichts dagegen, wenn wir das in Laboe tun. Für die Zuspitzung des Falls bin ich verantwortlich, und mir ist einfach wohler, wenn ich heute Abend vor Ort bin. Wie seht ihr das?"

Neuer war sofort begeistert: „Ich freue mich über jede Minute, die ich in Laboe verbringen kann; eventuell habe ich Begleitung dabei."

„Ich habe einen Termin auf der Kieler Woche; ihr kommt allein klar, oder?", sagte Schleth.

„Ja, mach du mal Pause, Willi. Du hast so viele Überstunden geschoben die letzten Tage, und deine Handy-Nummer haben wir ja. Alles gut."

„Ich werde hier die Stellung halten", sagte Adele. „Ich bin nicht so heiß auf Fußball, und wenn was anliegt – ihr könnt auf mich zählen."

„Ich habe leider einen wichtigen Termin", sagte die Psychologin, „bin aber jederzeit auf dem Handy erreichbar. Und Sie, Herr Kriminalrat?"

„Das gilt auch für mich. Und lassen Sie mich hinzufügen: Die Art und Weise, wie diese Teamsitzung abgelaufen ist, hat mir schon imponiert. Wie jeder seinen Beitrag geleistet hat, sachorientiert und ohne Eitelkeiten und Aggressionen, war aller Ehren wert. Nur noch die Frage nach der Presse-Erklärung. Was sagen wir? Karl, bitte!"

„Mein Vorschlag: Zwei kurze, getrennte Meldungen; Stichworte:

1. Toter im Beton bei Appartementhaus in Laboe, identifiziert als Gastronom Salvatore Baggio, seit 10 Jahren vermisst, weitere Untersuchungen laufen,

2. Wöhlkamp-Sturz: Ursache ungeklärt, Hinweis auf positive medizinische Prognose, Suche nach möglichem Zeugen Lieven Berghofer. Punkt."

Brockmann stand auf. Bevor Missfeldt vor lauter Begeisterung anfangen würde, alle zu herzen, wollte er weg sein.

„Ich schlage vor, dass wir jetzt unseren Verwaltungskram erledigen, unsere Protokolle schreiben usw. Rober wird morgen früh zur Vernehmung vorgeladen. Das werde ich ihm heute Abend mitteilen. Neuer, und wir sehen uns 20.00 Uhr, an der Konzertmuschel in Laboe. Drückt uns die Daumen!"

23: *Public Viewing*

Die Luft war weich und mild, die Frühabendsonne leuchtete golden über dem Westufer der Förde, schon wieder ein Abend wie gemalt, fand Brockmann. Er hatte zu Hause keine Ruhe mehr gehabt; seine Tochter Petra hatte ihm eine Mail geschrieben und gefragt, wie er seinen Geburtstag feiern wolle und was er sich wünsche.

Mit Petra war es im Moment nicht ganz einfach. Sie war 13 und lebte mit ihrer Mutter in Hamburg; so ganz häufig sah er sie nicht, obwohl er und seine Frau gemeinsames Sorgerecht vereinbart hatten. Da musste dann vieles kurz und telefonisch besprochen werden, und so richtig hatte er den Kopf oft nicht frei. Wenn er Petra dann mal sah, war nichts locker und selbstverständlich; er fand sie oft zickig und patzig, auf Fragen antwortete sie einsilbig, seine Scherze fand sie völlig unwitzig, er war insgesamt oft peinlich und überwiegend uncool. Seine Frau Beate hatte sich von ihm getrennt, weil er sich nach ihren Worten einfach nicht genug geöffnet hatte; sie hielt ihn für einen holzklotzigen Workaholic, und aus dieser Einschätzung machte sie auch Petra gegenüber kein Geheimnis – das machte das alles nicht leichter. Aber unter all diesem Geröll von Schwierigkeiten tauchte dann doch manchmal eine Anhänglichkeit auf, die ihn gleichermaßen überraschte wie rührte, so wie jetzt mit dieser Anfrage wegen seines Geburtstages. Er musste sich ihr stellen, dieser ominösen Zahl 50, und der Tatsache, dass andere Menschen an ihm und seinem Leben Anteil nahmen, ob er wollte oder nicht. Aber darüber wollte er nicht zu Hause nachgrübeln und machte sich auf nach Laboe – nicht ohne vorher noch einmal bei der WG vorbeizuschauen.

Lennard Petersen hatte geöffnet.

„Herr Brockmann, hallo! Was gibt's? Was macht die Unterwelt? Und warum sucht die Polizei denn meinen alten Freund Lieven?"

„Tja. Fragen über Fragen. Hallo, Herr Petersen. Es ist ein bisschen zu kompliziert, das jetzt alles zu erklären …"

„Wollen Sie nicht reinkommen?"

„Danke, aber ich bin etwas in Eile."

„Wie immer, oder?"

„Ja, ja." Brockmann hatte gemerkt, wie die Ungeduld den Rücken hochgekrabbelt kam.

„Herr Petersen, nur so viel: Sie wissen vielleicht, dass Lievens Vater schwer krank ist; Lieven scheint den Freunden seines Vaters die Schuld dafür zu geben und will sich vielleicht rächen; ich glaube, er hat meine Waffe gestohlen."

„Mann, das ist ja Hammer!"

„Ja, ja. Wenn er hier auftaucht, bitten Sie ihn, zur Polizei zu gehen; und wenn er das nicht macht, rufen Sie mich an. Meine Nummer haben Sie hier."

„Das geht klar, Herr Kommissar. Viel Erfolg. Ich bin sicher, dass Lieven zur Vernunft kommen wird."

„Ja, hoffen wir das mal."

Und so war Brockmann gegen halb acht wieder in Laboe. Er saß auf der halbhohen Mauer zum Strand und hatte so alle im Blick, die sich langsam im Steh- und Sitzplatzbereich vor der Konzertmuschel sammelten. Und es wurden immer mehr: vor allem Trupps von Jugendlichen beiderlei Geschlechts, mit Deutschland-Trikots, Bierbecher in der Hand, geschminkt, mit Fahnen, einige auch mit der furchtbaren Südafrika-Errungenschaft der Vuvuzelas und ihrem Getröte, natürlich auch Erwachsene, im Aussehen und in der Lärmverbreitung etwas weniger auffällig. Auf der Großbild-Leinwand schon Bilder aus Südafrika, sich abwechselnd mit irgendwelchen Studio-Moderatoren… Die Stimmung war ein bisschen angespannt, der Bedeutung des Spiels angemessen, aber auch fröhlich und erwartungsvoll, nicht so dumpfbackig-fanatisch, wie er das von früheren Fußball-Events kannte.

Trotzdem war er nicht bei der Sache. Er rief bei Rober an.

„Na, Herr Rober? Wie sieht's aus?"

„Ach, Herr … Brockmann; Sie denken, ich muss die Stimme des Sheriffs schon kennen, was? Also – bei mir ist alles klar. Ich hab' mir 'ne Pizza bestellt, und gleich werde ich gemütlich das Spiel gucken."

Rober klang nicht so angespannt wie am Mittag; er hatte offensichtlich ein dickes Fell.

„Das ist gut; und – bleiben Sie vorsichtig. Und die Gemütlichkeit muss ich leider ein bisschen stören; Es sind Unstimmigkeiten zwischen Ihren Aussagen und unseren neuen Ermittlungsergebnissen aufgetaucht. Das bedeutet, dass wir morgen wieder eine Runde plaudern müssen. Wir holen Sie ab zur Vernehmung, sagen wir um 9.00 Uhr. Verlassen Sie bis dahin nicht das Haus. Bis dann, Herr Rober."

Brockmann beendete das Gespräch, ohne auf die Antwort zu warten; Hauptsache, der Junge machte keine Dummheiten und ließ Rober in Ruhe.

Neuer und seine Lisa kamen Hand in Hand und fanden tatsächlich etwas abseits noch einen Strandkorb; ein kurzes Winken zu Brockmann, und dann wandte er sich wieder Lisa zu; es sah so aus, als ob sie sich viel zu erzählen hatten, auch wenn sie gar nicht viel sprachen.

Brockmann hörte den Vor-Kommentaren nur mit einem halben Ohr zu, genau wie die meisten Zuschauer, für die zunächst die Bratwurst und das Bier oder die netten jungen Nachbarinnen wichtiger waren.

Es war eben einfach ein wunderbarer Abend, und es war sicher nicht das Schlechteste, ihn hier in der sanften Abendluft an der Ostsee zu verbringen, mit dem Blick auf friedliche, aufgeregte Fußball-Fans – auch wenn irgendwo ein junger Mann mit Zorn im Herzen vielleicht auf dem völlig falschen Weg war.

Das Spiel begann, und Brockmann behielt seinen Platz am Rande des Geschehens; besorgt musste er mit ansehen, wie die junge deutsche Mannschaft sich sehr schwer tat und nervös und unsicher agierte, allen voran Per Mertesacker, sonst der ruhende Pol der Abwehr, der sich immer wieder mal verschätzte gegen die unorthodox spielenden Ghanaer, oft falsch stand und auch im Spielaufbau haarsträubende Fehler machte. Unwilliges Murren kam auf bei einigen, „Merte, du Spast"-Rufe, andere waren still und wie gelähmt, auch weil Özil, der neue Stern im Mittelfeld, einen rabenschwarzen Tag zu haben schien, fast jeden Zweikampf verlor, einen Fehlpass nach dem anderen spielte und schließlich eine hundertprozentige Torchance verstolperte. „Mann, was ist nur los mit den Jungs?" fragte ihn sein Nachbar auf der Strandmauer und gab sich selbst die Antwort: „Na ja, das kennt man, Angst essen Seele auf…"

So war das Spiel alles andere als Balsam für Brockmanns Seele, in der immer noch die Sorge wegen des unberechenbaren Lieven Berghofer lebendig war. Nur Neuer interessierte es offensichtlich herzlich wenig, was sein Namensvetter im deutschen Tor und dessen Kameraden sich zurechtspielten; er konnte zwar theoretisch die Leinwand sehen, in Wahrheit aber war er in einen zärtlichen Austausch mit Lisa Schilling vertieft, und das konnte Brockmann ihm nicht übelnehmen.

Aus den Augenwinkeln sah Brockmann plötzlich eine Bewegung am Rande der Zuschauermenge, dort, wo die Straße zum Rathaus von der Strandpromenade abzweigte. Dort teilte sich die Menge, Schreie, Rufe, dort war irgendetwas nicht geheuer. Irgendwo fühlte Brockmann wieder dieses Gefühl der Bedrohung, das ihn seit seinem Alptraum nie ganz verlassen hatte.

Dann sah Brockmann, was los war. Ein junger Mann mit Pizzabotenmütze und –T-Shirt trieb und drängte einen anderen, älteren und ziemlich korpulenten Mann vor sich her.

Brockmann kannte die beiden: Lieven Berghofer, der die Pizzabestellung Robers wohl dazu genutzt hatte, sich Zutritt zu dessen Wohnung zu verschaffen, und der jetzt mit einer Waffe in der Hand Rober Richtung Bühne und Leinwand zwang.

Noch hatten längst nicht alle Zuschauer die Situation erfasst; einige reckten die Hälse, um zu sehen, was da passierte, andere wichen voller Panik vor dem Bewaffneten zurück und kreischten, wieder andere hatten noch gar nichts begriffen und verlangten lautstark Ruhe, weil sie einfach die Übertragung sehen wollten.

Brockmann spürte die Gefahr. Die harmlos fröhlich-gespannte Stimmung kippte, hier konnte in Sekunden kopflose Panik ausbrechen.

Das merkte wohl auch Lieven Berghofer.

Er war inzwischen an der Leinwand angekommen; er schoss einmal in die Luft, die Masse war wie erstarrt.

Der junge Mann hatte mit einer Hand ein Mikrophon mit Ständer gegriffen, das von der musikalischen Vor-Unterhaltung am Rand der Bühne stehengeblieben war; der Tontechniker, der die Übertragung betreute, begriff sofort, schaltete den Ton ein und die Fernsehbilder aus.

Berghofer stand jetzt auf der Bühne, das Mikro vor sich, die Pistole in der Rechten, und bedeutete Rober, auch nach oben zu kommen. Es war ein Bild des Jammers, wie der dicke, ungelenke Mann sich dort hochquälte.

„Los, Mensch, wälz dich endlich rauf, du bist doch sonst so ein Alleskönner hier in Laboe."

Berghofers Stimme war klar, auch wenn sie am Ende vielleicht etwas zitterte, sein Gesicht war blass und angespannt.

„Hört zu, Leute. Wenn ihr tut, was ich sage, wird nichts passieren. Ich möchte, dass ihr alle hierbleibt, ganz ruhig. Ich möchte, dass ihr Zeugen seid für eine Aussage, die dieser Mann hier, Eduard Rober, vor euch machen wird, wenn ihm sein Leben lieb ist. Ich weiß keinen anderen Weg, ihn zu dieser Aussage zu bringen. Wenn er geredet hat, können Sie mich festnehmen, Herr Brockmann. Der smarte Mann dort an der Strandmauer in der beigen Windjacke ist Karl Brockmann von der Kripo Kiel, Leute. Er wollte Rober schützen. Ist ihm gut gelungen, oder? Herr Brockmann, ziehen Sie vorsichtig die neue Waffe, die Sie sicher inzwischen haben, und werfen Sie sie in den Sand. Und: Lassen Sie alle die Handys stecken, wo sie sind; ich brauche einfach Zeit ohne ein Sonder-Einsatzkommando, damit Rober reden kann. Ich hoffe, dass wir so schnell fertig sind, dass Sie alle noch das Ende des Spiels sehen können."

Brockmann tat, was Berghofer wollte.

Ich muss verhindern, dass er durchdreht, der sensible Junge, dachte er.

Ein Raunen ging durch die Menge, als er die Pistole 10 Meter weiter in den Sand des Strandes warf. Er sah, wie Neuer sich, die Deckung der Strandkörbe nutzend, von der Seite, in Berghofers totem Winkel, der

Konzertmuschel näherte. *Mach bloß keinen Scheiß, Mann. Du musst hier nicht den Helden spielen.*
„Meine Damen und Herren, tun Sie bitte alle, ohne Ausnahme, was der junge Mann auf der Bühne sagt. Er ist kein Verbrecher. Helden brauchen wir hier nicht."
Hoffentlich hast du das begriffen, Neuer. Mensch, mach bloß nicht den dicken Max; das hast du bei deiner Lisa doch nicht nötig.
„Schönen Dank, Herr Brockmann, das klappt ja alles bestens."
Die Menge hatte sich etwas beruhigt, nur einige „Nu mal los"-Rufe ertönten, da war jetzt auch Neugier im Spiel.
„So, Rober, jetzt zu dir. Leute, der Mann hier hat vor 10 Jahren ein Bauprojekt angeleiert, zusammen mit Baulöwe Wöhlkamp, einem italienischen Pizzawirt und meinem Vater. Es gab irgendwie Probleme, die Vier haben sich getroffen eines Abends im Juni, und hinterher war der Italiener verschwunden, und mein Vater war ein gebrochener Mann. Wöhlkamp und Rober haben immer behauptet, sie hätten nichts damit zu tun; Baggio, der Italiener, habe ihr Baukapital verzockt, sei aber nach Italien gereist, um neues Geld zu beschaffen. Rober hat sogar eine Postkarte von ihm. Aber das ist alles Lüge…"
„Komm mal zur Sache, Junge", rief einer der Zuschauer laut dazwischen.
Berghofer drehte sich etwas und schwenkte seine Waffe kurz in Richtung auf die Menge. Einige schrien auf vor Schreck.
„Mach mich nicht nervös, Mann. Ein bisschen Zeit musst du mir schon geben. Wie gesagt, ich will das hier zu Ende bringen, und davon werden mich auch keine ungeduldigen Großschnauzen abhalten."
Ganz schön entschlossen, der Junge. Brockmann war beeindruckt.

„Also. Vor ein paar Tagen ist der Italiener gefunden worden, tot, in Beton gegossen vor dem Appartementhaus. Und mein Vater ist nur noch ein Wrack, praktisch seit dieser Zeit, erkennt keinen mehr. Rober sagt, er sei ein Weichei gewesen, nicht hart genug für das Bau-Business, und habe auch den Stress in der Schule nicht ausgehalten. Auch das ist eine dicke, fette Lüge. Guckt ihn euch an, wie er schwitzt, wie er zittert."

Der Junge trat näher an Rober heran und hielt ihm die Pistole direkt an den Kopf. Brockmann merkte, dass er sich immer mehr in seine Wut hineinsteigerte.

„Jetzt pack endlich aus, Rober. Was ist passiert an diesem Abend vor 10 Jahren? Wenn du nicht redest, werde ich dir die Gelenke zerschießen, eins nach dem anderen. Hast du das kapiert?"

Zur Bestärkung schoss Berghofer einmal in die Luft.

Rober hatte Angst. Ihm war wohl klar geworden, dass der Junge zu allem entschlossen war. Er sank auf die Knie:

„Mach doch keinen Scheiß. Ich rede ja. Du wirst alles hören."

Wir müssen das beenden, trotz des Risikos. Der Junge ist in der Tat gefährlich, der kann jederzeit durchdrehen. Brockmann blickte hinüber zu Neuer, der sich inzwischen näher herangearbeitet hatte. Er wollte offensichtlich auch von den Zuschauern nicht gesehen werden, um irgendwelche verräterischen Reaktionen von ihnen zu vermeiden. Lisa Schilling war jetzt aufgestanden und folgte Theo Neuer in einigem Abstand. *Mann, Lisa, was soll das. Bleib doch, wo du bist!*

„Na los, Rober."

„Wir hatten jeder 500 000 D-Mark damals auf unser Bau-Konto eingezahlt; damit – und mit einem Bank-Kredit – wollten wir den Appartement-Bau finanzieren. Und dann kam Salvo an, also der Italiener, und behauptete, er habe alles an der Börse verzockt. Das kam uns komisch vor; er konnte uns keinerlei Belege vorlegen für seine Transaktionen. Er sagte, er habe das alles über einen Broker abgewickelt, und der sei abgetaucht, als die Aktien den Bach runtergingen. Ich glaubte ihm kein Wort. Der hatte das Geld irgendwohin transferiert und wollte auch bei erstbester Gelegenheit verschwinden.

Wir haben ihn in unser Muster-Appartement bestellt, am 17.6.2000, um 19.00 Uhr. Diesen Termin werde ich nie vergessen. Kaum war er da, fesselten wir ihn an einen Stuhl. Ihm sollte klar sein, dass wir die Wahrheit von ihm wollten. Wir fragten ihn immer wieder, aber er blieb bei seiner Geschichte. „Mamma mia, wir sinte doch Freunde", sagte er immer wieder. Da drehte Franz Witteck durch, Ihr Vater, junger Mann. Er war ganz verzweifelt, weil er seine gesamte Erbschaft in das Projekt gesteckt hatte, und deshalb schlug er zu. Wöhlkamp führte ihn raus, damit er sich wieder etwas abregte. Salvo war ohnmächtig; er kam nicht wieder zur Besinnung."

„Mein Vater soll ihn totgeschlagen haben?"

„Ja, mein Junge. Manchmal tut die Wahrheit ganz schön weh.

Es tut mir leid."

„Ich glaube dir kein Wort. Du hast den Ernst der Lage immer noch nicht verstanden, glaub' ich."

Ohne zu zögern, schoss Berghofer seinem Gegenüber in den linken Oberarm. Es schien ein Streifschuss zu sein, aber Rober stöhnte vor Schmerzen.

„Also, Rober. Sag, was wirklich passiert ist! Sonst ist als nächstes dein rechter Arm dran. Und beeil dich, damit du nicht zu viel Blut verlierst."

Man sah, wie ein Ruck durch Rober ging.

„Die Geschichte stimmt schon bis zu Salvos Ohnmacht." Rober biss die Zähne zusammen; er war jetzt am Ende der Straße angekommen; Brockmann hatte das Gefühl, dass hinter der nächsten Ecke die Wahrheit wartete.

„Also, dein Vater war draußen, versuchte sich abzuregen. Sein Schlag tat ihm schon leid. Wöhlkamp kam wieder rein und würgte und schüttelte den Italiener, bis der sich plötzlich nicht mehr regte. Keine Ahnung, warum der schlapp machte, ein Infarkt, Genickbruch, was auch immer. Jedenfalls war er tot, das Geld weg. Jetzt mussten wir den Schaden begrenzen…"

Rober stockte, es ging ihm dreckig.

Brockmann griff ein: „Berghofer, machen Sie Schluss, der Mann hat einen Schock, der stirbt Ihnen unter den Händen. Bis jetzt haben Sie nur Geiselnahme und Körperverletzung auf dem Konto."

„Sie suchen mich doch auch als Todesengel von Wöhlkamp. Nein, ich hab nichts mehr zu verlieren."

„Wöhlkamp lebt, wird wieder aus dem Koma erwachen, Mensch. Sie haben doch noch ein Leben vor sich, aus dem Sie ganz viel machen können."

„Jetzt will ich den Rest der Wahrheit hören; das kriegt der alte Sünder hier bestimmt noch hin. Also, Rober!"

Rober stöhnte, aber dann setzte er sein Geständnis fort: „Wir mussten verhindern, dass Witteck auspackt; er war eine Heulsuse, er wollte aufhören und Salvo freilassen. Wir haben ihm den Toten gezeigt und behauptet, er sei von seinem, Wittecks Schlag gestorben. Er hat das natürlich geglaubt. Wir haben es dann noch ein wenig ausgeschmückt mit großem Bedauern und Mitgefühl und einem großen Schweigegelübde…"

Der junge Berghofer schwankte; Rober hatte ihn getroffen mit seiner sachlich-zynischen Schilderung, er hatte jetzt Oberwasser.

„Er hat sich bedankt bei uns, der Idiot." Jetzt lachte er sogar.

Du bist selbst ein Idiot, Rober. Merkst du nicht, dass der Junge so erschüttert ist, dass er alles fertigbringt? Brockmann wagte einen Blick zu Neuer, versuchte ihm zu signalisieren, dass er eingreifen solle.

Rober war jetzt richtig in Fahrt: „Ich hab' ihn anschließend nach Haus gebracht, er hat nicht mehr gesprochen. Er war ein gebrochener Mann, aber das weißt du ja, ne? Wir haben dann das getan, was getan werden musste; es war ein Leichtes, den Betonmischer noch mal zu füllen und anzuschmeißen hinterm Haus. Wir haben ihn zugeschüttet, den schönen Salvatore, der uns beschissen hatte ohne Ende, war doch angemessen, so ein Mafia-Ende für einen italienischen Verräter. Leider haben wir in der Dämmerung wohl nicht genau genug gearbeitet. Die Betonfläche haben wir dann abgesperrt, wir haben den Jungs von der dänischen Firma gesagt, das soll das Fundament für eine Grill-Hütte werden, und später, als der Bau dann trotz Salvos Verrat fertig war, haben wir Erde drübergekippt. Künstlerpech, dass durch diese Scheiß-Balkons alles ans Tageslicht gekommen ist. Wir hatten da überhaupt nicht mehr dran gedacht."

Der Junge war am Ende. Mit so viel Eiseskälte hatte er wohl nicht gerechnet.

„Rober, du bist ein Stück Dreck, genau wie Wöhlkamp. Du hast den Tod verdient. Ich mach dich fertig."

Die Stimme des jungen Berghofer war ganz schrill geworden; er nahm die Waffe jetzt in beide Hände und machte ein paar Schritte. Er wollte hinter Rober zu stehen kommen; dadurch drehte er sich weg von der Seite, an der sich Neuer befand. Um die Konzertmuschel herum herrschte absolute Stille.

Dann ging alles ganz schnell. Als Neuer um den Rand der Muschel herum auf die Bühne kletterte, klingelte ein Handy, irgendwo hinter ihm. Berghofer sah auf, bemerkte den Polizisten und schoss sofort. Der Schuss ging fehl, Brockmann sah aus dem Augenwinkel, dass jemand am Rand der Menge zusammenbrach, Neuer schoss und traf den rechten Arm des jungen Mannes, der die Waffe fallen ließ und stöhnend in die Knie ging. Neuer war im Nu bei ihm, kickte die Waffe weg und drückte ihn zu Boden. Rober stand auf, bleich, verschwitzt, taumelte kurz und brach zusammen.

Schreie, Durcheinander, die Spannung in der Zuschauermenge entlud sich jetzt. Brockmann reagierte schnell, sprach in sein Handy:

„Hauptkommissar Brockmann, Kripo Kiel. Wir haben drei durch Schüsse verletzte Personen an der Konzertmuschel in Laboe, am Kurstrand beim Hafen. Schicken Sie Notärzte und Rettungswagen." Schon während der Worte Brockmanns kamen zwei Männer und eine Frau nach vorn, die sich als Arzt, Rettungssanitäter und Krankenschwester vorstellten und begannen, sich um die Verletzten zu kümmern. Neuer stand mittendrin, regungslos, mit Tränen in den Augen, die Waffe noch in der Hand.

„Gute Arbeit, Neuer. Das war eine heiße Nummer, ich glaube, Sie haben Rober das Leben gerettet."

„Glauben Sie nicht, dass ich darauf stolz bin. Diese eiskalten, gierigen Mörder. Ich kann den Jungen gut verstehen. Aber …" Neuer unterbrach sich, „wo ist Lisa?"

Er sprang von der Bühne und rannte Richtung Strand.

Lisa lag 10 Meter von der Konzertmuschel entfernt; sie war an der Mauer zum Strand zu Boden gegangen. Ihre Schulter war voller Blut, unter ihr hatte sich ein Blutfleck gebildet, der immer größer wurde. Sie war leichenblass, aber bei Bewusstsein. Neuer ging neben ihr auf die Knie, rief einen Nothelfer herbei, die Krankenschwester kam, eine stämmige Frau mit einem runden, rosigen Gesicht, die offensichtlich nichts aus der Ruhe bringen konnte.

„Ich bin Karen Burmeister, sonst auf der Intensivstation in der UNI-Klinik tätig. Die junge Frau hat einen Schock; nehmen Sie die Beine in Ihren Schoß, damit sie etwas höher liegen, ich versuche die Blutung an der Schulter zu stillen."

„Lisa, Lisa, Lisa, es tut mir so leid." Neuer stammelte und redete in einem fort, hielt Lisas Beine und hörte nicht auf, sie zu streicheln. Brockmann sah, dass er wieder weinte.

„Mensch, Supercop, mit dir kann man ganz schön was erleben." Lisas Stimme war leise, aber deutlich. Sie lächelte.

„Wenn meine Schulkinder Recht haben, dann habe ich eben Gott gesehen. Aber das erzähl' ich dir ein andermal, Theo."

Sie legte den Kopf etwas zur Seite und verstummte, behielt aber die Augen offen und sah ihn an mit einem Blick, der voller Rätsel war.

Inzwischen war die Fernsehübertragung wieder aufgenommen worden, Deutschland führte 1 : 0 durch Özil. Geht doch, dachte Brockmann. Was haben wir für ein Glück heute.

In der Ferne hörte man die Martinshörner der Rettungswagen.

Donnerstag, 24.06.10

24: Der Morgen danach

Um 08.30 Uhr saßen sie wieder zusammen im Besprechungszimmer. Brockmann schaute einmal kurz in die Runde; da war Neuer, ziemlich übernächtigt, blass, mit dunklen Augenringen nach einer durchwachten Nacht im Krankenhaus, Willi Schleth, dem man die Erleichterung ansah, aber auch das schlechte Gewissen, nicht direkt bei den dramatischen Ereignissen in Laboe dabei gewesen zu sein, obwohl er auch noch abends mit seinen Leuten vor Ort gewesen war, um Spuren zu sichern, die Psychologin von der Aue, sichtlich enttäuscht, dass sie ihr Können nicht hatte einbringen können, Adele, die froh war, dass das Team den Einsatz unbeschadet überstanden hatte, und natürlich Missfeldt, den offenbar gemischte Gefühle bewegten. Er eröffnete die Sitzung.

„Was für eine Bilanz, meine Damen und Herren! Eine Geiselnahme, die kurz davor war, in einer öffentlichen Hinrichtung zu enden, obwohl die Bedrohungslage bekannt war, Gefährdung vieler unbeteiligter Zuschauer einer öffentlichen Veranstaltung, schließlich drei Verletzte, und wir können heilfroh sein, heilfroh, sage ich, dass es keine Toten gegeben hat. Doch bevor wir das weiter bewerten: Wie geht es den Verletzten?"
Neuer sprach als erster, seine Stimme war brüchig.
„Keiner ist in Lebensgefahr. Rober hat nur einen Streifschuss abbekommen, ist etwas geschwächt vom Blutverlust, aber sonst ok. Der junge Berghofer hat einen Durchschuss des Oberarms, auch sein Zustand ist zufriedenstellend. Beide können demnächst, vielleicht noch heute, in die U-Haft verlegt werden. Am

schlimmsten hat es Lisa erwischt, Frau Schilling. Ihre Schulter wurde heute Nacht noch operiert, aber auch bei ihr werden keine Schäden zurückbleiben. Das ist das, was mich am meisten erleichtert."

„Ich möchte hervorheben, dass Kollege Neuer vorbildlich gehandelt hat", setzte Brockmann fort. „Er war entschlossen und geistesgegenwärtig und hat die schwierige Situation zu einem glimpflichen Ende gebracht. Herr Neuer, Theo, ich habe mich noch nicht bei dir bedanken können; ich tue das hiermit in aller Form."

Damit hatte Brockmann den Bann gebrochen, die Erleichterung brach sich Bahn in lautem Jubel, einige standen auf, um Neuer die Hand zu schütteln, ihn zu umarmen, ihm auf die Schulter zu klopfen, und der saß natürlich wieder da mit Tränen in den Augen und konnte das alles nicht fassen.

Missfeldt machte schließlich weiter, mit süßsaurer Miene.

„Ja, Karl, ich stimme dir zu. Das ändert aber nichts daran, dass es nie zu dieser Situation hätte kommen dürfen."

„Ok, das gebe ich zu. Es ist sicher nicht optimal, wenn zwei Beamte der Mordkommission einer Fußball-Übertragung beiwohnen und die direkte Bewachung der zu schützenden Person der Laboer Polizei überlassen. Ich habe die kriminelle Energie, die große Entschlossenheit von Berghofer einfach unterschätzt."

„Wie ist er eigentlich an die Pizzaboten-Uniform gelangt?", fragte die Psychologin.

„Er hat sich irgendwo in der Nähe der Wohnung Robers herumgedrückt – der Laboer Kollege vor Ort war ja uniformiert und somit gut erkennbar und auch auszutricksen, darüber hinaus war ja auch keine ständige Bewachung angeordnet - und dann hat er zufällig den Pizzaboten gesehen, der auf Robers Tür zusteuerte.

Wenn ihr mich fragt, ein bisschen viel Zufall, nicht nur hier, sondern überhaupt in dieser ganzen Angelegenheit; einem Fernseh-Krimi würde man das nicht abnehmen, aber egal, die Wirklichkeit schreibt nun mal die besten Drehbücher. Also, Berghofer hat dem Boten vom Pizza-Matz ein bisschen Geld gegeben und behauptet, er wolle seinen Onkel mit der Pizza überraschen, der habe heute Geburtstag, und schon hatte er die Mütze auf, die Pizza-Schachtel in der Hand und konnte bei Rober klingeln."

Missfeldt schüttelte noch einmal den Kopf. Bisher war nicht durchgesickert, dass Rober unter Polizeischutz gestanden hatte, die Medien waren bisher nur voll des Lobes über den klugen und beherzten Einsatz der Polizei. Das sollte so bleiben, jedenfalls noch ein paar Stunden.

„Also gut. Und wo stehen wir, was den Fall angeht?"

Brockmann ergriff wieder das Wort. Er wollte den angeschlagenen Neuer entlasten.

„Vieles ist geklärt, Chef. Rober hat den Totschlag an Salvatore Baggio gestanden wie auch das perfide Spiel, das er und Wöhlkamp mit dem armen Witteck gespielt haben. Aber jetzt muss ich leider etwas sagen, was mir sehr schwer fällt und mich schon im Voraus wieder ziemlich wütend macht: Rober wird wahrscheinlich einfach so davonkommen; beweisen können wir ihm nichts, und ob er dieses Geständnis wiederholen wird, ist die Frage, denn kein Gericht der Welt wird es angesichts der Umstände anerkennen, unter denen es erfolgte. Also, wir kennen zweifelsfrei die Wahrheit, aber ob das für eine Verurteilung reicht... Der eine Tatzeuge liegt im Koma, der andere hat sich geistig von dieser Welt verabschiedet."

„Dann bleibt unsere Aufgabe, Beweise zu finden, wie auch immer, um Rober festzunageln, meine Damen und Herren. Das sind wir der Gerechtigkeit schuldig, wie

auch der Witwe Baggio, wo immer sie ist, dem unglücklichen Witteck und seinem Sohn."
Missfeldt sprach aus, was alle dachten.
„Nach wie vor ungeklärt ist die schwere Verletzung Wöhlkamps; hier wird die Vernehmung des jungen Berghofer vielleicht Klarheit bringen. Er allein ist der Verdächtige."
„Also gut, dann sind die Aufgaben klar. Frau Fischer, Sie gehen noch einmal die bisherigen Ergebnisse durch und recherchieren, ob wir Rober irgendwie festnageln können; vielleicht führt die fingierte Postkarte Baggios ja weiter. Brockmann vernimmt den jungen Berghofer, und Frau von der Aue wird hier unterstützend anwesend sein. Schleth schließt die Sicherung der Spuren in Laboe ab."
„Und ich, Chef?"
„Ach ja, Neuer, Sie haben zwei Tage Sonderurlaub, wenn Sie den Kollegen von den internen Ermittlungen noch einmal Ihren Schusswaffengebrauch gestern erklärt haben. Erholen Sie sich, kümmern Sie sich um Ihre Frau Schilling, Sie sehen schon wieder – oder soll ich sagen, noch – ziemlich elend aus."
„Ja, geradezu klöterig, würde unser Laboer Kollege Althoff sagen", ergänzte Brockmann.
Neuer verdrehte die Augen, aber er widersprach auch nicht. Gute Entscheidung von Missfeldt, fand Brockmann. Solche Spitzenbeamten konnte das Land zwischen den Meeren gut gebrauchen.

25: *Berghofers Beichte*

Brockmann hatte inzwischen die Geschehnisse von gestern abgearbeitet, Protokolle diktiert und selbst geschrieben und sich noch einmal in aller Ruhe die Berichterstattung der Presse angesehen. Er war zufrieden, und auf diese Weise seelisch und durch ein Mittagessen in der Kantine körperlich gestärkt, machte er sich im Verhörraum 1 bereit zur Vernehmung von Lieven Berghofer, als die Psychologin hereinkam.

„Frau von der Aue, ich grüße Sie."

Brockmann war froh, dass sich das Verhältnis zu der jungen forschen Psychologin im Verlauf der Ermittlungen ziemlich schnell entkrampft hatte. Es war nun beileibe nicht so, dass zwischen ihnen die große Liebe ausgebrochen war – dafür war sie zu jung, zu dynamisch, einfach eine andere Generation, aber sie war inzwischen weit entfernt von der oberschlauen, unbarmherzigen, im Besitz alleiniger Wahrheit befindlichen Hohepriesterin der politischen und psychologischen Korrektheit, als die sie sich vor einigen Tagen eingeführt hatte.

Sie lächelte.

„Ich fühle so etwas wie Wärme, wie aufrichtige Freude, Herr Brockmann. Wenn ich boshaft wäre, würde ich fragen: Sind Sie krank? Aber bitte, antworten Sie nicht. Ich freue mich, dass ich dabei sein kann. Wie wollen Sie die Vernehmung von Lieven Berghofer angehen?"

„Also, bei allem Verständnis für den Jungen, der sich so in seinen berechtigten Kummer über seinen Vater hineingesteigert hat, dass er vielleicht nicht mehr Herr seiner Entscheidungen war, hat mich die kriminelle Energie, mit der er dann zu Werke gegangen ist, schon erstaunt. Auf eine Art dann nämlich ganz schön cool und abgezockt, der Bursche. Was ich einfach herausfinden möchte, ist, wie die Sache auf der Steilküste gelaufen ist. Ob er – abgesehen von der Schießerei in der Konzertmuschel – dem Wöhlkamp den Schädel eingeschlagen hat. Letzteres ist für mich die Arbeitshypothese. Ok?"

„Gut. Ich denke, ich werde den jungen Mann vor allem beobachten bei seinen Aussagen. Er ist nicht der hartgesottene Verbrecher, er hat seine Gesichts- und Körpersprache sicher nicht so unter Kontrolle."

„Dann können wir loslegen."

Brockmann gab ein Signal nach draußen, und Lieven Berghofer wurde hereingeführt, blass, mit verbundenem rechtem Arm in einer Schlinge. Auf seinem Gesicht war fast so etwas wie ein Lächeln.

„Bitte, nehmen Sie Platz. Guten Tag, Lieven. Das ist meine Kollegin Frau von der Aue. Das Gespräch wird von einer Kamera aufgezeichnet."

Berghofer setzte sich, verzog das Gesicht dabei, er hatte wohl Schmerzen.

„Wie geht es Ihnen? Sie sind froh, dass es vorbei ist, oder?"

„Ja, wirklich. Der Kummer hat mich fast zerfressen, all die Jahre, in denen ich ansehen musste, wie mein Vater nur noch ein Schatten war. Ich wollte ja wieder in seiner Nähe sein, mit diesem Job beim Naturzentrum in Laboe, und kaum war ich da, haben Sie doch die Leiche gefunden, beim Appartementbau. Mir war sofort klar, dass das der Italiener sein musste, der damals verschwunden war, als mein Vater sich so veränderte, und jetzt wollte ich die Wahrheit herausfinden."

Berghofer schien wirklich froh, sich jetzt alles von der Seele reden zu können. Brockmann brauchte kaum zu fragen.

„Erzählen Sie weiter. Sie riefen Wöhlkamp an."

„Ja, genau. Er schlug die Steilküste als Treffpunkt vor, keine Ahnung, warum, er sagte, man habe da so einen Überblick, da würden die Dinge klarer als irgendwo sonst. Inzwischen halte ich auch für möglich, dass er mich hinunterstoßen wollte. Na ja, als wir uns trafen, hat er jedenfalls alles erstmal abgestritten. Es sei doch gar nicht klar, dass das der Italiener sei, der könne das ja auch gar nicht sein, weil er ja nach Italien abgehauen sei und noch eine Karte geschrieben habe."

„Und Sie wurden wütend."

„Natürlich! Es war doch jetzt so klar, dass da eine dreckige Sache gelaufen war. Ich hab' ihn angeschrien, ich hab' gebettelt, der Kerl war ja so was von arrogant und stur, der blieb bei seiner Geschichte."

Berghofers Stimme war leicht brüchig geworden, er versuchte gleichmütig und sachlich zu wirken, hatte die Hände auf dem Tisch gefaltet, aber um seinen Mund zuckte es, als wenn er ein Weinen wegdrücken wollte.

„Dann wurde er aggressiv, nannte mich Heulsuse, Hosenschisser, so in der Art, und fing an, mich zu stoßen. ,Hör mit dem alten Scheiß auf, das bringt doch nichts mehr, davon wird dein Vater doch nicht wieder gesund. Hast du kapiert?' Ich bekam Angst, schubste zurück, wir waren nah an die Kante geraten, plötzlich brach die Erde weg unter ihm, Mann, er stürzte einfach ab, ganz schnell ging das, und dann lag er unten und stöhnte."

Berghofer nahm die Hände vors Gesicht, atmete schwer, sprach nicht weiter. Brockmann sah die Psychologin an, *warten*, schienen ihre Augen zu sagen, *wir sind auf dem richtigen Weg.*

„Und dann? Was taten Sie?"

„Na, ich hatte voll die Panik! Ich weiß, ich hätte runterklettern müssen, mich um ihn kümmern, aber ich hab' das nicht gebracht, ich wollte weg, nur weg, ich bin abgehauen, ich hab' ihn da liegen lassen, stöhnend, jammernd, jetzt konnte er mal die Heulsuse machen. Ich bin am Strand lang, dann am Fördewanderweg bis Heikendorf, in den 100er Bus und nach Hause, mein neues Zuhause, Sie wissen ja, im Niemannsweg. Unterwegs, da war ich so auf Höhe des Ehrenmals, hab' ich dann noch bei der Polizei angerufen, 110, und Bescheid gesagt, dass da ein Verletzter an der Steilküste liegt. Ist das eigentlich zu Ihnen durchgedrungen?"

„Weiß ich jetzt nicht. Aber wissen Sie, diese Geschichte kann ich Ihnen doch nicht abnehmen. Sie haben eine Mordswut, der Kerl, der Sie verhöhnt, liegt unten hilflos am Strand, und Sie laufen weg? Da muss es doch in Ihnen diese Stimme gegeben haben, die Rache wollte. Da war es doch ein Leichtes für einen sportlichen Jungen wie Sie, runterzuklettern und dem Typen eins zu verpassen…"

„Nein, wie oft soll ich das denn noch sagen, damit hab' ich nichts zu tun…"

„Kommen Sie, Lieven, hinterher ist doch alles viel leichter, dann haben Sie endlich Ruhe, wenn Sie jetzt auspacken! Sie sind runter zum Strand…"

„Nein, verflucht! Ich, der Todesengel, wie die Zeitungen mich nennen, was?"

Brockmann wurde lauter:

„Sie waren am Tatort, Sie hatten ein Motiv, Berghofer. Was soll's, dass Sie das Naheliegende abstreiten?"

„Ich – war – das – nicht!"

Berghofer drehte sich von Brockmann weg, verschränkte die Arme und schaute zur Wand.

Wie ein trotziges Kind, dachte Brockmann. Dich krieg ich, Junge.

Die Psychologin schüttelte leicht den Kopf, verständnisvoll, na klar.

„Lassen wir das erstmal. Als Sie im Niemannsweg waren, haben Sie nachts meine Waffe gestohlen, richtig?" Der junge Mann wandte sich wieder Brockmann zu.

„Ja, das stimmt. Lennard hatte mir erzählt, dass er durch Zufall herausgefunden hatte, dass unser Schlüssel auch bei Ihnen passt. Irgendeine Schusseligkeit unserer Vermieterin. Das war jetzt die Chance. Ich hatte ja gesehen, dass ich ohne Waffe nichts aus diesen verstockten Spießbürgern herausbekomme. Tut mir leid, wenn ich Sie in Schwierigkeiten gebracht habe. Dann bin ich wieder nach Laboe, über kurz oder lang würden Sie mich ja identifiziert haben und suchen. In Laboe hab' ich am Strand geschlafen und dann Robers Haus beobachtet. Da ist ein Neubau gegenüber, in dem die letzten Tage nicht gearbeitet wurde, da konnte ich in Ruhe abwarten. Na ja, die Sache mit der Pizza kam mir dann entgegen, und den Rest kennen Sie. Ich wollte, dass Rober die Wahrheit auspackt, ein für allemal, töten wollte ich ihn nie, auch wenn ich das gesagt habe."

Ganz schön clever, der Bursche, dachte Brockmann. Das sollen die Gerichte klären.

„Na gut. Bis auf den Angriff auf Wöhlkamp haben wir fürs Erste einiges geklärt. Ich empfehle Ihnen, auch da reinen Tisch zu machen. Mut zum Geständnis macht sich vor Gericht immer gut."

Berghofer sagte nichts mehr. Er sah nur noch vor sich auf den Tisch.

„Machen wir Schluss, Herr Brockmann", sagte die Psychologin.

Brockmann rief einen Polizisten von draußen herein, der den jungen Mann in seine Zelle bringen sollte.

„Gibt es noch irgendetwas, was Sie uns unbedingt sagen möchten?" fragte Frau von der Aue.

Berghofer, der schon an der Tür war, drehte sich noch einmal um. „Ich war's nicht." Er machte eine Pause. „Und – darf ich meinen Vater noch mal sehen?"

Brockmann schaute die Psychologin an.

„Wir werden uns dafür einsetzen", sagte die spontan.

„Danke. Ich danke Ihnen", sagte Berghofer.

Dann war er draußen.

Brockmann wandte sich der Psychologin zu.

„Was denken Sie?"

„Tja, Herr Brockmann, auch wenn es Ihnen nicht gefällt, ich halte den Jungen für glaubwürdig. Seine Stimme, seine Gestik, seine Mimik – ich glaube nicht, dass er lügt. Haben wir irgendeinen Beweis, abgesehen davon, dass er am Tatort war?"

„Nein. Und ich glaube, dass er das weiß, dass er sich das anhand meiner Fragen ausgerechnet hat. Er gibt nur zu, was wir beweisen können. Sicher ein armer Junge, aber auch ein cleverer Bursche. Aber wie auch immer – ich danke Ihnen für Ihre Einschätzung, auch wenn Sie damit wahrscheinlich falsch liegen."

Ute von der Aue lächelte.

„Herr Brockmann – wir werden sehen."

26: *Botschaften für Brockmann*

Brockmann kehrte in sein Büro zurück. Das Verhör hatte ihn unzufrieden gemacht. Er war es nicht gewohnt, dass ihm ein 19Jähriger einen solchen Widerstand entgegensetzte.

Er saß an seinem Schreibtisch, unschlüssig, was er tun sollte. Er ordnete seine Stifte, blätterte durch seine Akten. Dann ging er zu Adele Fischer.

„Na, gibt's bei Ihnen noch einen Kaffee, Adele?"

Adele sah auf und strahlte – wie fast immer.

„Natürlich, Herr Brockmann. In der Küche steht eine Kanne mit gerade frisch gebrühtem. Ach, wo Sie gerade da sind – auf den Gängen im Präsidium wird über Ihren 50. Geburtstag getuschelt und gerätselt."

„Wieso? Was ist mit meinem Geburtstag?"

„Na ja, er ist ja schon am nächsten Sonnabend, und es ist ja immerhin ein runder. Da muss man ja eigentlich ein bisschen feiern, oder? Und bisher haben Sie noch gar nichts gesagt, nichts vorbereitet, niemanden eingeladen…"

Das ging Brockmann schon wieder auf den Zeiger.

„Adele, Sie wissen doch, dass mir alles Aufhebens und aller Wirbel um meine Person zuwider ist. Wissen Sie was? Ich schenke mir vorweg eine Begleitfahrt bei der Windjammerparade auf der STENA, das habe ich noch nie gemacht, und darauf freue ich mich. Die Ermittlungen sind ja so weit abgeschlossen, dass ich mir einen freien Sonnabend leisten kann."

„Ja, und wir? Solch ein Tag ist doch auch eine gute Gelegenheit, denen zu danken, mit denen Sie immer zusammenarbeiten, die alles für Sie tun…"

Ihre Stimme wurde ein bisschen zittrig. Sie sah nicht auf von ihrem Bildschirm.

„Ja, ja, Adele. Das will ich ja auch gerne. Wissen Sie was? Ich bestell' für übernächsten Montag ein paar Schnittchen für unser Team, dann machen wir eine verlängerte Frühstückspause und lassen es uns gutgehen. Das ist doch was, oder?"

Adele sagte nichts. Sie mochte ihn immer noch nicht ansehen. Sie war wohl nicht zufrieden. Da konnte Brockmann ihr nicht helfen, und er ging in die Küche, um sich den Kaffee zu holen.

Da klingelte das Telefon.

Adele nahm ab. „Polizeipräsidium Kiel, erste Mordkommission, Fischer. Ja, der ist hier. Herr Brockmann!"

Sie reichte Brockmann den Hörer.

„Was gibt's?"

„Hallo, Herr Hauptkommissar. Lauer hier, Untersuchungsgefängnis. Heute Nachmittag sollte Herr Rober zu Ihnen gebracht werden, der uns aus dem Krankenhaus überstellt worden ist."

„Ja, was ist mit ihm?"

„Wir haben ihn eben leblos in seiner Zelle gefunden. Sieht nach Herzversagen aus. Der Notarzt war sofort da, aber er konnte nichts mehr tun."

„Das ist ja ein Ding. Gibt es irgendwelche Anzeichen für Fremdverschulden?"

„Auf den ersten Blick nicht, nein. Der Notarzt sagte, Rober sei ein Risikopatient gewesen, mit hohem Blutdruck und belasteter Leber. Vielleicht habe sich im Gefolge der Schussverletzung ein Gerinnsel gebildet, das dann einen Infarkt verursacht haben könnte, meint er."

„Ich werde den Staatsanwalt trotzdem bitten, eine Obduktion anzuordnen. Das ist eine Formsache, Sie können ihn gleich in die Gerichtsmedizin bringen lassen, und versiegeln Sie bis auf Weiteres die Zelle. Das Ganze kommt mir etwas seltsam vor."

„Ist gut, Herr Hauptkommissar. Aber wie gesagt, irgendwelche substantiellen Anhaltspunkte, die Ihr Unbehagen rechtfertigen würden, haben wir nicht. Wiederhör'n."

Brockmann stand da, mit dem Hörer in der Hand, und starrte vor sich hin.

„Was ist los, Herr Brockmann?"

„Ich glaub' es nicht, Adele. Rober ist tot. In seiner Zelle im Untersuchungsgefängnis tot aufgefunden worden. Es ist in diesen Tagen nicht sehr gesund, einer der Glorreichen Vier von Laboe zu sein. Ich glaube, diesen Teil der Akte können wir schließen."

„Ja, das glaube ich auch. Nur der Vollständigkeit halber: Ich habe doch noch einen Schriftsachverständigen aufgetan, der sich die angebliche Postkarte Baggios angesehen hat. Wie wir vermutet haben: eine Fälschung."

„Wir können damit natürlich nicht beweisen, dass Rober und Wöhlkamp damit zu tun hatten, aber es ist ein weiteres Puzzle-Teilchen, das unsere Theorien bestätigt. Gute Arbeit, Adele. Mensch, ich glaube, ich muss mir im Moment mal den Kopf ein bisschen durchpusten lassen. Wenn jemand nach mir fragen sollte: Ich bin in einer halben Stunde wieder da."

Brockmann ging hinunter zur Förde, zur Kiellinie, der langen, wunderschönen Promenade, die vom Kreuzfahrt-Terminal am Institut für Meereskunde, diversen Top-Segel- und Ruderclubs vorbei bis zum Landeshaus mit dem Landtag und der Landesregierung und noch darüber hinaus führte.

Auf der Förde war viel los, klar, Segelboote und Yachten, Traditionssegler, dazwischen die Fördedampfer, die mit zügigem Tempo vom Bahnhof über diverse Anlegestationen bis nach Laboe und zurück fuhren.

Aber Brockmann war noch nicht so weit, das wirklich wahrzunehmen, genau so wenig wie den Trubel, der um ihn herum an der Kiellinie herrschte. Sie war ja während der Kieler Woche ein weiterer Brennpunkt des Geschehens, wie ein langgezogener Jahrmarkt, aber nach Meinung der Kieler natürlich schöner, mit allen möglichen Gelegenheiten zum Essen und Trinken, zu Aktivitäten, auch und vor allem für Kinder, mit Musik, Informationen, Kultur und Unterhaltung jeder Art, dazu den alten und neuen Booten und Schiffen, die noch nicht ausgelaufen waren, sondern stattdessen Gäste an Bord empfingen, zu Erbsensuppe oder Labskaus, zu Bier und Sekt.

Brockmann war eigentlich nicht der große Grübler, sondern er setzte sich sonst nüchtern mit der Realität auseinander, auch mit Rückschlägen, die einfach zu seinem Job gehörten, aber dies hier war anders.

Der plötzliche Tod Robers, der natürlich angeschlagen gewesen war durch die Aufdeckung seiner Schuld, durch den Auszug seiner Frau und seine Schussverletzung und Inhaftierung, aber auf der anderen Seite doch auch wie ein Stehaufmännchen gewirkt hatte, das auch eine solche Krise überstehen würde, hatte in ihm eine Irritation hinterlassen, ein Unbehagen, das er nicht in Worte fassen konnte. Rober war mit seiner Sauferei und seinem hohen Blutdruck sicher ein Risikotyp, und Brockmann kannte auch die Theorie, dass Zusammenbrüche und Infarkte oft dann geschahen, wenn der unmittelbare Druck vorbei war, in einer Phase der Ruhe und Entspannung, bei Rober vielleicht auch dadurch, dass er die Schuld, die er ein Jahrzehnt lang mit sich herumgeschleppt und in sich eingesperrt hatte, jetzt gestanden und sich entlastet hatte.

Aber trotzdem blieb das Unbehagen. Und dazu trug auch Brockmanns schlechtes Gewissen bei. Ich habe ihn nicht genug geschützt; ich hätte diese furchtbare Szene in der Konzertmuschel verhindern müssen. Dann wäre er nicht angeschossen worden, wohl noch nicht verhaftet, wäre, wäre…

Auch das erfolglose Verhör des jungen Berghofer machte ihn nicht gerade ruhiger. Der Anschlag auf Wöhlkamp war immer noch ungeklärt, und er würde es bleiben, wenn Berghofer nicht weich wurde.

In dieses Gedankenkreisen mischte sich das Unbehagen über die Erwartungen, die die anderen an ihn wegen seines Geburtstags herantrugen, der ihn auch deshalb mehr beschäftigte als normal, weil sich in seinem Kopf die Sache mit dem Lebensstrich festgehakt hatte. War es wirklich eine Perspektive für ihn, den Rest seines Lebens so zu verbringen wie bisher? Konnte das wirklich schon alles gewesen sein, na ja, mit 15 Jahren weiterer Berufsroutine, und wenn er Glück hatte, noch einigen Jahren im Ruhestand, auf den er sich auch nicht so ganz groß freute?

Er spürte plötzlich Hunger. Ich bin einfach unterzuckert und müde, da kommt man auf solche Gedanken; ein Krabbenbrötchen, das wär's doch jetzt.

Er steuerte einen Fischstand an, der mit Secco und Scampi-Pfanne ein wenig exklusives Flair an die Förde brachte; er holte sich ein einfaches Krabbenbrötchen, das teuer genug war. Das ging schnell, es gab noch keinen großen Andrang am frühen Nachmittag, und er suchte sich eine freie Bank mit Fördeblick. Jetzt hatte er wieder Augen für die Umgebung, freute sich am frischen Ostwind, der aufgekommen war und kleine weiße Wolken von der See her herantrieb, an den Krabben, denen man nicht anschmeckte, dass sie wohl in Marokko gepult waren, und dem knackigen Brötchen.

„Hallo, Herr Brockmann, Chef, das ist ja ein Ding! Darf ich mich zu Ihnen setzen?"

„He, hallo, Neuer. Schön, Sie zu sehen. Aber, da fällt mir ein, waren wir nicht beim Du angekommen?"

„Ja, stimmt, aber es fällt mir noch schwer, geht mir noch nicht so locker über die Lippen, ich bin nicht so ein Kampfduzer, eher ein bisschen altmodisch. Mit einem Wort: Ich würde gerne noch beim Sie bleiben."

„Macht nichts. Wo kommen Sie her? Wie geht's Ihnen, und wie geht's Ihrer Lisa? Sie sehen ja immer noch klöterig aus."

Neuer war in der Tat ziemlich blass, mit dunklen Augenringen, und wirkte so, als wenn er an einem Tag ein paar Kilo abgenommen hätte. Aber er versuchte offensichtlich, seine Stimme munter klingen zu lassen.

„Tja", er räusperte sich, „ich komme gerade aus der UNI-Klinik, die ist hier ja ziemlich in der Nähe. Hab erstens Lisa besucht; sie ist noch etwas geschafft, musste ja operiert werden, aber sie kann schon wieder so vor Vergnügen strahlen, dass man es immer gar nicht glauben kann."

„Das freut mich. Sagen Sie mal, haben Sie sie gefragt, was sie damit meinte, dass sie Gott gesehen hat? Da musste ich heute Nacht nochmal dran denken."

„Ach so, ja. Das ist eine witzige Geschichte. Sie hat neulich ihre Schulkinder gefragt, ob sie schon mal gespürt haben, dass Gott bei ihnen ist. Und da hatte sie was losgetreten:

Als ich volle Kanne von der Schaukel gefallen bin, aber so, dass ich nicht auf die Steine flog, sondern ins weiche Gras...Als ich nach Hause kam und mein kleiner Bruder mich ganz glücklich umarmt hat...Als meine Mutter sich wieder mit meinem Vater vertragen hat, wo ich doch so eine Angst hatte, dass sie sich scheiden lassen...

Fast jedes Kind hatte ein solches Erlebnis, na ja, wo wir vielleicht sagen würden, *das war Glück*, oder *da hatte ich einen Schutzengel*, aber wie gesagt, Kinder sehen das noch anders. Und daran musste sie denken, als sie getroffen worden war, aber wusste, dass es noch viel schlimmer hätte kommen können. Sie kann dem Schicksal ins Gesicht lachen, das gibt es überhaupt nicht."

Neuers Gesicht hatte richtig Farbe bekommen, als er davon erzählte. Schön, so jung zu sein, am Anfang einer neuen Liebe, dachte Brockmann. Neuer ist schon Mitte 30, und trotzdem ist für ihn so vieles immer noch neu. Hat seinen Namen verdient, der Bursche.

„Das freut mich sehr, für Lisa und für Sie, Neuer. Halten Sie sich diese Frau bloß warm; ich glaube, wenn man die an seiner Seite hat, kann einem nicht viel passieren. Ich habe auch Neuigkeiten, allerdings nicht so schöne, und die haben mich erst einmal aus dem Präsidium vertrieben: Also, aus Berghofer hab ich nicht viel rausgekriegt, jedenfalls was die Sache mit Wöhlkamp angeht. Er schwört, dass er das nicht war, der ihm einen Schlag über den Kopf gezogen hat. Dann hab ich Rober verhören wollen, aber der war leider verhindert; er war nämlich tot."

„Was?"

„Ja, der Notarzt vermutet Herzversagen. War vielleicht alles ein bisschen viel für ihn, aber irgendwie habe ich ein seltsames Gefühl bei der Sache."

„Also, das muss ich erstmal verdauen. Kann das mit der Verletzung zusammenhängen, die Berghofers Schuss verursacht...?"

„Nein, nein, keine Gedanken deshalb. Wir müssen das alles erst einmal so hinnehmen; aber ich – musste mir erst einmal ein Krabbenbrötchen kaufen. Danach sieht die Welt bestimmt wieder anders aus, ach, das tut sie jetzt schon, weil wir uns getroffen haben."

„Hey, Herr Brockmann, ist das der Beginn einer großen Freundschaft?"

Aus dem Nichts hielt ein junges hübsches Mädchen auf Inline-Skates, das für Brockmann ziemlich nach Migrationshintergrund aussah, braun, mit schwarzen Augen und schwarzen Haaren, vor ihrer Bank an. Sie hatte einen Korb mit seltsam geformten Kekstaschen dabei. „Hallo, meine Herren, wollen Sie kaufen Glückskekse?"

Sie lächelte, strahlend und unwiderstehlich.

Brockmann wusste nicht, was er davon halten sollte.

„Kennen Sie die, Chef? In diesen Kekstaschen sind kleine Zettel mit irgendwelchen Glücksbotschaften, die kenne ich aus Chinatown in San Francisco. `Ne nette Sache, wusste gar nicht, dass es die hier gibt. Na ja, Kiel ist eben Weltstadt bei der Kieler Woche."

Brockmann wollte kein Spielverderber sein, und die Verkäuferin war auch zu nett. Er kaufte, großzügig, zwei Glückskekse für je einen Euro, suchte einen für sich aus, Neuer langte selbst zu.

„Vielen Dank, junge Frau."

„Bye, bye! Auf Wiedersechen", lachte sie.

Auf dem Rücken trug sie kleine Engelsflügel aus Stoff.

Wie viel Kitsch ist eigentlich zugelassen auf der Kiellinie, dachte Brockmann.

Im Nu war das Engelmädchen in der Menge der vorüberströmenden Passanten verschwunden. Sie hatte wohl genug Kekse verkauft.

Widerstrebend fühlte Brockmann, dass er neugierig war. Er knackte seinen Keks.

„Y O L O. Open your heart", las er.

„Neuer, was ist Yolo? Ich kenn nur Yoko Ono."

„Das ist eine neue Abkürzung in der Jugend-Szene, bedeutet: ‚You only live once."

Das kam Brockmann bekannt vor. Ordentlich was zum Nachdenken, auch der zweite Teil des Spruchs.

Neuer biss seinen Keks auf und holte seinen Zettel ebenfalls heraus.

„Don`t worry. Everything will be allright."

Neuer saß still da, sein leicht bewegtes Herz konnte wohl nicht sprechen.

„Hey, Alder, was geht?", fragte Brockmann. Er fand sich ziemlich witzig.

Neuer lachte, Gott sei Dank.

„Ach, wissen Sie, das haut mich jetzt wirklich um. Das ist ja eigentlich ein Allerweltsspruch, aber der passt dermaßen für meine Situation…Also, ich war ja nicht nur bei Lisa in der UNI-Klinik, ich hatte auch eine Überweisung von meinem praktischen Arzt. Dem hatte ja nicht gefallen, dass ich dauernd irgendwelche Infektionen hatte und dass mein Blutbild irgendwie nicht so toll ist. Ich hab' ja keine Ahnung davon. Und er hat mich in so eine Onkologische Ambulanz geschickt, hört sich nicht so gut an, oder? Da war ich heute dann auch noch."

Er machte eine Pause, und als er weitersprach, klang seine Stimme verändert, aber trotzdem ganz ruhig.

"Die haben gesagt, dass ich vielleicht eine Blutkrankheit habe, eine Vorstufe von Leukämie."

„Das gibt's doch nicht. Und nun?"

„Im Moment ist das noch gar nicht dramatisch oder bedrohlich. Und es muss demnächst auch erstmal geguckt werden, ob sich der Verdacht überhaupt bestätigt; dazu werden sie in der nächsten Woche Knochenmark entnehmen, da wird das Blut ja gebildet."

„Meine Güte. Wie geht's Ihnen damit?"

„Ach, ich mach mich erstmal schlau im Internet. Im Augenblick habe ich noch das Gefühl, dass das nichts mit mir zu tun hat, und dann dieses Glückskärtchen eben: Don't worry, everything will be allright. Was soll mir passieren?"

Typisch Neuer, sich von so einem kleinen Glückskeks aufheitern zu lassen, dachte Brockmann. Laut sagte er:

„Tja, was soll Ihnen schon passieren?"

Beide lachten, der ältere Polizist und der fast noch junge, das Krabbenbrötchen hatte Brockmann vergessen, und vielleicht wunderte sich der eine oder andere Kieler-Woche-Besucher über die beiden Männer auf der Bank, die dort so fröhlich auf der Bank saßen und vor sich hinlachten.

„Ich muss jetzt los", sagte Neuer dann und stand auf.

„Bis morgen!"

„Ja, bis morgen."

Sie gaben sich die Hand, dann drehte sich Neuer um und ging.

„Mach's gut, Neuer!", rief Brockmann ihm noch nach, aber das hörte der schon nicht mehr.

Sein Handy klingelte.

„Was gibt's?"

„Hallo, Commissario."

Er kannte diese Stimme und den leichten Akzent. Das war Lippi, der selbsternannte Beschützer der italienischen Gemeinde in Norddeutschland.

„Was kann ich für Sie tun?"

„Commissario, ich möchte mich bedanken für Ihre Arbeit, dafür, dass Sie den Mord an unserem Salvatore

Baggio aufgeklärt haben. Dadurch hat der Mörder seine gerechte Strafe erhalten können."

„Was soll das heißen, Lippi?"

„Genau das, was ich gesagt habe."

„Sie haben Rober ermorden lassen, im Knast. Wollen Sie mir das sagen?"

„Sie werden von mir nicht mehr hören, nicht am Handy. Italiener werden in Deutschland nicht ungestraft getötet, das ist alles. Und eins noch: Beweisen können werden Sie nichts. Sie sollten nur wissen, was Sache ist. Machen Sie's gut, und einen schönen Tag, Commissario Brockmann."

Dann legte er auf.

Brockmann saß da, mit dem Handy in der Hand.

Nach einer Zeit stand er auf und ging zurück, zurück ins Präsidium. Eine Fahrt wollte er noch erledigen.

Er wollte eine neue Tür öffnen.

27. Öffne dein Herz.

Er hatte sich abgemeldet. Missfeldt wollte einen Termin machen wegen des Personalgesprächs, aber er hatte nur abgewunken. „Lass mich in Ruhe mit diesem formalen Scheiß", hatte er gesagt und sich ins Auto gesetzt; sein lila Renner fand den Weg nach Laboe schon fast allein.

Er versuchte die Gedanken an den Fall zu verdrängen, aber es gelang nicht. Der Mann im Beton hatte so viel ausgelöst. So wie er freigelegt worden war, war auch verdrängte Schuld offenbar geworden und hatte Rachegefühle freigesetzt, die sich in Vergeltungsaktionen Bahn gebrochen hatten, bis hin, so schien es, zu einem eiskalten Mafia-Mord im Untersuchungsgefängnis. Er hatte Fehler gemacht, mehrmals die Kräfte unterschätzt, die er mit seinen Ermittlungen geweckt hatte. Das war ihm klar geworden, aber er war nicht bereit, sich durch Selbstvorwürfe lähmen zu lassen. Er war einfach nicht der unfehlbare Top-Ermittler, der er mal hatte werden wollen, eher Durchschnitt irgendwie.

Aber jetzt war er unterwegs zum *Dünenkind*, das mit dem grandios weiten Blick geeignet war, Altes hinter sich zu lassen und neue Horizonte zu eröffnen.

Während draußen die alten Segler zu ihren Abendfahrten unterwegs waren und die Kite-Surfer ihre Sachen zusammenpackten, weil der Wind nicht mehr reichte, ging er im Frühabendsonnenschein auf die Terrasse des *Dünenkinds*. Es war wenig los in dieser Stunde zwischen Nachmittagskaffee und dem Abendansturm, und er konnte sich einen Traumplatz suchen, ganz in der Ecke an der Balustrade mit Blick auf die offene See. Elsa Martin kam heraus, ihr Gesicht mit den ruhigen Augen und dem angedeuteten Lächeln war ihm so vertraut, als wenn sie schon ewig in seinen Träumen wohnte. Diese

Gedanken verwirrten ihn, schon wieder. Er war eindeutig zu lange mit Neuer zusammen gewesen.

„Es ist vorbei", sagte er. „Ich bin jetzt ganz privat hier, nur als Karl Brockmann."

„Was kann ich dir bringen?"

„Ich nehme ein Glas von eurem roten Hauswein."

„Das geht los. Ich habe einen sanften Bardolino vom Gardasee, der wird dir gefallen."

„Und bringst du mir ein Bier, ein großes natürlich, min Deern?" Althoff kam um die Ecke, ausnahmsweise mal nicht in Uniform, sondern in Jeans und einem grauen Sweatshirt in Zeltgröße; ein ungewohnter Anblick.

„Moin, moin, Herr Brockmann, ich hab' Ihr schönes Auto gesehen, war grad auf meiner abendlichen Radtour, da musste ich doch mal kurz reinschauen."

„He, Althoff, alte Säule, hätte nicht gedacht, dass es in Ihrer Freizeit so sportlich zugeht. Nehmen Sie Platz."

Althoff setzte sich über Eck und fing schon an zu sprechen, als er noch gar nicht saß. Er platzte fast vor Neugier und Redebedürfnis.

„Rober ist tot, hab' ich gehört; hat sein Herz nicht mehr mitgespielt? Genug gesoffen hat er ja."

„Tja."

Brockmann brauchte einen Moment, um sich eine Antwort zurechtzulegen.

„Die Obduktion ist ja noch nicht abgeschlossen, aber es spricht viel dafür, dass Sie Recht haben. Vielleicht hat sich im Zusammenhang mit der Schussverletzung auch ein Blutgerinnsel gebildet…"

„Mann, Mann, das tut mir alles ganz schön leid, mein Jungspund war einfach nicht auf Zack, damit ging ja alles los."

„Ach, bei dieser Geiselnahme haben wir uns alle nicht mit Ruhm bekleckert. Schlimme Geschichte – aber Sie,

Althoff, haben mit dem Hinweis auf die fantastischen 4 die entscheidende Weiche für die Aufklärung gestellt. Sie kennen sich einfach aus in Ihrer Gemeinde. Nochmal vielen Dank für alles!"

Bevor Althoff davonschweben konnte vor lauter Stolz, brachte Elsa Martin die Getränke.

„Ich habe euch noch einen Korn dazugestellt, geht aufs Haus."

„Oh, danke, Elsa. Setz dich doch zu uns, min Deern, ist doch nicht viel los im Moment."

„Danke, ist nett, Paul, aber ich hab' noch in der Küche zu tun. Zum Wohl, die Herren."

Bevor sie ging, sah sie Brockmann noch einmal an, ernst, nachdenklich, einen Tick zu lang für einen zufälligen Blick, fand Brockmann.

Die beiden Männer prosteten sich zu.

„Ich heiß Karl." – „Paul."

Das passt jetzt mit dem „Du", dachte Brockmann.

„Auf Elsa", sagte Althoff. „Nich lang schnacken, Kopp in'n Nacken."

Sie schütteten den Korn runter und nahmen einen großen Schluck von ihrem Getränk hinterher, das heißt, Althoff eher zwei bis drei.

Nach einer Weile sagte der: „Da lag kein Segen auf den fantastischen 4. Zwei sind tot, und die beiden anderen sind auch nicht mehr so richtig in dieser Welt. Ganz schön' Schiet, kann man da nur sagen."

„Ja, das ist eine düstere Bilanz. Weißt du was? Früher, vor meiner Scheidung, als meine Tochter so 8, 9 Jahre alt war, mochte sie immer so gerne „Traumschiff" sehen, diese Heile-Welt-Filme im Zweiten, mit den schönen Bildern aus aller Welt, und am Ende geht immer alles gut aus; wir haben es dann immer ihr zu Liebe geguckt. Und dann hielt der Käptn zu guter Letzt, bevor das Eis mit den

Wunderkerzen kam, noch immer eine Rede darüber, was denn aus dieser Reise gelernt werden kann. Meine Güte, mir wurde immer ganz elend, ich hasse solch pädagogisches Geschwafel, deshalb werde ich den Fall auch nicht weiter kommentieren, obwohl man hier `ne Menge sagen könnte in Sachen Gier und so. Wir sind hier so weit weg von der heilen Fernsehwelt. Aber doch, zwei Sachen noch, nur nicht als Oberschulmeister: Erstens so was wie ein Trost: über die beiden, die noch leben. Es ist ja nicht ausgeschlossen, dass Wöhlkamp noch einmal wieder aus dem Koma erwacht; Gehirnströme messen sie ja immer noch. Und Witteck: unsere schöne Psychologin meinte, wenn man bei ihm gezielt an dem Trauma arbeiten würde, könne sich sein Zustand durchaus noch wieder verändern, vor allem, wenn sein Sohn ihn dann und wann besuchen kann."

„Meinst du, dass das geht, aus der Haft heraus?"

„Tja, Lieven Berghofer, das ist ein Fall für sich; ganz schön heftig, was für eine kriminelle Energie der aus Liebe zu seinem Vater und aus Rachsucht entwickelt hat. Aber ich werde mich für den Jungen einsetzen und hoffe, dass er aus dem Jugendknast heraus seinen Vater regelmäßig sehen kann. Schauen wir mal."

„Ja, da ist ja ein kleiner Hoffnungsschimmer am Horizont. Hört sich doch nach Traumschiff an, was, Karl?"

„Ach, hör auf. Ich finde es ja auch gut, wenn es trotz des ganzen Desasters, das die Betonleiche ausgelöst hat, nicht ganz rabenschwarz aussieht, aber was mich total nervt, ist, dass wir immer noch nicht wissen und wahrscheinlich nie wissen werden, wer Wöhlkamp niedergeschlagen hat. Mein Freund Schleth und seine Leute haben sich ja wirklich alle Beine ausgerissen, um irgendwelche Spuren am Strand zu finden – glatte Fehlanzeige. Das geht ihm auf die Eier, hat Schleth gesagt. Na ja, so viel zu unserer Bilanz."

„Du hast was vergessen: Neuer hat `ne Neue, sozusagen. Das freut mich für den Jungen. Der sah ja manchmal ganz schön schätterig aus, aber sie: das blühende Leben, oder?"

„Ja, Mensch, stimmt." Von dem Leukämie-Verdacht bei Neuer wollte Brockmann jetzt nicht sprechen. „Er ist ja ein bisschen versponnen, aber sie steht mit beiden Beinen auf der Erde, und was das Schönste ist: Sie scheint solche Spinner zu mögen. Das passt schon, wie die Bayern sagen würden."

Nun waren sie doch noch in eine solche ein bisschen sentimentale Fast-alte-Männer-Güte hineingeraten, aber auch das passte am Ende dieses Falles, fand Karl Brockmann.

„Und dann Laboe", sagte er. „Welcher Ort hat schon ein solches Lokal, einen solchen Blick? Meine Güte, ich habe mich jeden Tag gefreut, wenn ich wieder hier rausfahren konnte."

„Gutes Schlusswort, Karl." Althoff stand auf. „ Ich muss los. Mak dat man goot, min Früünd, und kiek mal wedder in."

Er beugte sich noch einmal herunter zu Brockmann. „Zahlst du mein Bier mit? Danke, Karl! Und wir sehen uns bei den Lachmöwen. Bis dann!"

Zufrieden lächelnd ging er, Paul Althoff, die schwerste Lachmöwe der Welt, das Schlitzohr, der Sheriff von Laboe, der beste Kaffeekocher der Förde.

Brockmann winkte Elsa Martin, die gerade die Tische für eine Abendgesellschaft zurechtzurücken begann.

„Elsa, hast du einen Moment?"

Sie fuhr sich mit der Linken einmal durchs Haar und wischte sich die Hände an der Schürze ab, obwohl sie gar

nicht feucht waren. „Ja, ich komme." Sie brachte einen
Duft von Sonne und Seewind mit, als sie sich setzte.

Ihm fiel sein Glückszettel ein, von der Kiellinie: „Open
your heart."

Aber er fragte nur: „Sag mal, kann ich demnächst meinen
50. Geburtstag bei dir feiern? Erst wollte ich gar nicht,
eigentlich hasse ich solchen Rummel um meine Person,
aber heute ist mir klar geworden, dass das eine Chance
ist, mal mit allen zusammen zu sein, die ich mag."

„Immer der harte, einsame Karl zu sein, ist auch nicht so
toll, oder? Ich hab' schon gesehen, was mit dir los ist.
Wartest du einen Moment? Ich hol mir auch ein Glas
Wein."

Er sah wieder tiefsinnig und leer auf die Förde, zum
hundertsten Mal heute, und dann war sie wieder da, mit
einer Flasche Hauswein. Sie waren allein auf der
Terrasse.

Sie sagte leise: „Ich werde am Sonntag nicht mehr da
sein. Mit mir kannst du leider nicht feiern." Sie sah ihn
nicht an bei diesen Worten.

„Was?"

Sie holte tief Luft, mehrmals.

„Karl, ich muss dir was sagen."

Sie knautschte eine Serviette, so fest, dass ihre Knöchel
ganz weiß wurden.

„Ich war die Geliebte von Salvatore Baggio. Ich bediente
in seiner Pizzeria, dort, wo sich die 4 immer trafen, die
fantastischen 4, wie Wöhlkamp sie großspurig nannte."

„Die junge Frau im Hintergrund auf dem Foto, das ich
bei Rober gesehen habe, das bist du."

„Ja, ich habe mich abgewandt, mit Absicht. Niemand
sollte uns auf die Spur kommen. Er war meine große
Liebe, es traf uns mit einer Macht, gegen die wir nichts
tun konnten; du musst dir vorstellen, er hatte eine junge

Familie, die er liebte, aber das spielte plötzlich alles keine Rolle mehr, und ich wurde schwanger, und er war so wahnsinnig, dass er mir Geld gab für dieses Lokal; damit ich abgesichert bin, hat er gesagt, ich habe nicht gefragt, woher er das hatte, wir wussten nicht, wie das alles werden könnte, und dann war er plötzlich weg, einfach so, von jetzt auf gleich, sagte noch: ‚Wir sehen uns nachher, Chiara' und nahm mich in die Arme, als wenn er mich erdrücken wollte, und er kam nicht wieder."

Sie nahm einen Schluck Wein. Brockmann schenkte sich nach.

„Er kam nicht wieder, nein, nein, er kam nie wieder. Ich vermutete, dass er zu seinen Freunden hatte gehen wollen, aber ich konnte doch nichts sagen." Sie weinte jetzt. „Ich konnte doch nichts sagen. Niemand wusste doch von uns, und ich musste doch an mein ungeborenes Kind denken, konnte das Geld doch nicht aufs Spiel setzen, wenn ich mich offenbarte…"

„Und so hast du das *Dünenkind* gekauft und auf Vordermann gebracht. Mit dem Geld, das er dir gegeben hatte."

„Ja, mit diesem elenden Geld, wegen dem sie ihn totgeschlagen haben. Ach, und all die Jahre wusste ich nicht, was mit ihm geschehen war. All die Jahre…Und ich hab' das auch als Verpflichtung gesehen, etwas aus dem Geld zu machen, für unsere Kaja. Haben Sie gesehen, wie dunkel ihre Augen sind und was für ein Temperament sie hat?"

Sie lächelte, mit Tränen in den Augen. Brockmann wartete.

„Und dann fandet ihr Salvo bei dem Haus, wie lästiger Abfall mit Beton überschüttet, und ich bekam ja schon mit, dass ihr Wöhlkamp und Rober im Visier hattet – es war ja ganz praktisch, dass ihr euch auch hier manchmal getroffen habt, und damit war für mich endgültig klar, wer Salvo auf dem Gewissen hatte."

Sie beugte sich noch näher zu ihm.

„Was ich dir jetzt sage, Karl Brockmann, sage ich nur hier und jetzt, dieses eine Mal. Ich werde es abstreiten, wenn du mich darauf festnageln willst; schau dich um, es gibt keine Zeugen, und es gibt keine Spuren. Ich will es dir einfach sagen, damit wir beide vielleicht etwas Ruhe finden und damit…"

Sie musste wieder schwer atmen. Dann sprach sie ruhiger weiter:

„An diesem schlimmen Abend war Wöhlkamp ja noch hier, mit seiner großspurigen Art, und ich konnte ihn nur noch hassen. Er wollte jemanden treffen, an der Steilküste. Etwas später bin ich noch einmal nach draußen gegangen, kurz Luft holen, ein paar Züge rauchen, dann sah ich plötzlich Bewegung dort hinten, wo die Steilküste besonders aufgeweicht ist. Einer rutschte ab, ein junger Mann rannte weg… Ich lief dann hin, es war nicht mehr viel los im Lokal, und sah Wöhlkamp, der voller Lehm war und aufzustehen versuchte. Ich ging hin und wollte ihm helfen, er erkannte mich und sagte: ,Ach, Elsa, alles nur wegen diesem Scheiß-Spaghetti-Fresser.' Ich habe zugeschlagen, blind vor Zorn, da war wohl irgendwo ein Stein, ich kann mich an den Moment gar nicht erinnern, und dann lag er da und blutete und rührte sich nicht mehr. Ich bin gegangen und habe den Notruf angerufen, mit einem Handy, das ein Gast mal vergessen hat; ich sah dann, dass sich Leute um ihn kümmerten, und dann wart ihr ja auch bald da."

Ihre Augen waren ganz groß, ganz dunkel, und sie sah Brockmann unverwandt an.

„Ich werde Laboe verlassen mit meiner Tochter, irgendwo einen neuen Anfang machen. Wöhlkamp -

selbst, wenn er wieder aufwacht - wird nichts mehr wissen. Ab Sonntag, wenn die Windjammerparade vorbei ist, führt meine Köchin das Lokal weiter, bis sich ein Käufer findet. Deshalb – wenn du hier feiern willst, dann ist das schön, aber ich bin nicht dabei. Wenn du mich haben willst, vergiss es. Ich zähle darauf, dass du mich nicht verfolgen wirst. Ich werde mit der Schuld leben müssen; im Tragen von Geheimnissen habe ich ja Übung, aber glaube nicht, dass das alles leicht ist."

„Ich glaube, ich werde jetzt gehen. Als Beichtvater bin ich nur begrenzt geeignet; mir hat schon die Mafia einen Mord auf die Schultern gepackt, den ich nicht werde beweisen können. Und jetzt du. Ich fass es nicht."

Brockmann stand auf.

„Wolltest du mir noch etwas sagen, Karl Brockmann?"

Er legte Geld auf den Tisch und sagte: „Nein."

Dann ging er und merkte nichts davon, dass sie ihm nachsah und dass der Abend wieder wunderschön zu werden versprach.

Er wusste von zwei Gewaltverbrechen, die ohne Strafe bleiben würden, er hatte keine Ahnung, wo und wie er jetzt seinen Geburtstag feiern sollte, wie er jetzt leben sollte für den Rest auf seinem Lebensstrich, aber eins wusste er:

Zu Hause wartete eine Flasche Wein auf ihn, und vielleicht noch eine - und der Jazz. Er würde es heute krachen lassen und auf einen trinken, der es nötig hatte: auf den Neuer.

Nachwort

Nachwort

Am Anfang war dieser kleine Krimi ein Projekt, um einen Krankenhausaufenthalt ein wenig interessanter zu gestalten (dieser Ursprung hat sich dann auch auf einige Elemente der Handlung ausgewirkt), und er hat mich dann – mit großen Unterbrechungen – über einige Jahre begleitet Wenn er dennoch wie aus einem Guss wirkt, liegt das sicher an meinem guten Gedächtnis und an der zweifellos zwingend erdachten Handlung.

Die Handlung sowie die Personen sind frei erfunden, das Appartement-Haus "Seegard", das Lokal "Dünenkind" und das Altersheim in Passade gibt es ebenso wenig wie das Gemälde von Erich Heckel. Wenn die übrigen Schauplätze in Laboe und Kiel irgendwie bekannt wirken, ist das kein Zufall; dem Leser ist nicht verborgen geblieben, dass der Krimi in seinem Kern eine Liebeserklärung ist an Kiel, Laboe und Neustein.

Vielen Dank an eine befreundete Grundschullehrerin, die mich mit schönen Geschichten versorgt hat, und vor allem an meine Frau Birgit für die nie nachlassende Ermutigung.

Das Ganze war und ist ein Spaß für mich, und ich hoffe, ebenfalls ein wenig für die Leser, vor allem, wenn sie Feriengäste in Laboe sind oder werden wollen.

Peter Seidler